KJB

Foto: Ute Ville

W. Bruce Cameron, geboren 1960, ist der New-York-Times-Bestseller-Autor von ›Ich gehöre zu dir‹, ›Ich bleibe bei dir‹ und ›Weihnachten auf vier Pfoten‹. 2011 wurde er von der »National Society of Newspaper Columnists« als Kolumnist des Jahres ausgezeichnet. Als er ungefähr acht Jahre alt war, brachte sein Vater ihm eines Tages einen Labrador-Welpen mit. Diesen Augenblick der uneingeschränkten Freude und grenzenlosen Zuneigung erzählt er in ›Bailey findet ein Zuhause‹. W. Bruce Cameron lebt mit seiner Frau und seinem Hund in Kalifornien, USA.

Alle Bücher von W. Bruce Cameron bei FISCHER KJB:
Bailey findet ein Zuhause (Band 1)
Ellie findet das Glück (Band 2)
Molly findet eine Freundin (Band 3)

Weitere Informationen zum Kinder- und Jugendbuchprogramm der S. Fischer Verlage finden sich auf *www.fischerverlage.de*

W. Bruce Cameron

Molly findet eine Freundin

Aus dem Amerikanischen
von Naemi Schuhmacher

Mit Bildern von
Richard Cowdrey

KJB

MIX
Papier aus verantwortungsvollen Quellen
FSC® C083411
www.fsc.org

Erschienen bei FISCHER KJB

Die amerikanische Originalausgabe erschien 2017
unter dem Titel ›Molly's Story: A Dog's Purpose Novel‹
bei A Starscape Book, published by Tom Doherty Associates, LLC

Umschlaggestaltung: Birgit Gitschier unter Verwendung von Motiven
von Getty Images und Shutterstock
Satz: Dörlemann Satz, Lemförde
Druck und Bindung: CPI books GmbH, Leck
Printed in Germany
ISBN 978-3-7373-4098-4

Für Sadie.
Danke, dass du den Zirkus mitmachst!

1

Zuerst war alles dunkel.

Um mich herum spürte ich Wärme, und ich roch andere Welpen, die sich an mich kuschelten. Auch meine Mutter spürte ich. Sie bedeutete Sicherheit, Geborgenheit und Essen.

Wenn ich hungrig wurde, kroch ich auf ihren Geruch zu und fand Milch zu trinken. Wenn mir kalt war, drängte ich mich eng an ihre Flanke oder schob mich unter eines meiner Geschwisterchen. Und dann schlief ich, bis ich wieder Hunger bekam.

Als ich ein paar Tage später zum ersten Mal die Augen öffnete, wurde die Sache schon interessanter.

Jetzt sah ich, dass das Fell meiner Mutter kurz, kraus und dunkel war. Die meisten meiner Geschwister ähnelten ihr in dieser Hinsicht. Nur zwei hatten Fell so dunkel wie das meiner Mutter, aber glatt und weich ohne jede Welle.

Eines Tages schlief ich nicht sofort ein, nachdem mein

Magen gut gefüllt war. Stattdessen nahm ich alle Kraft zusammen und stellte mich auf meine wackeligen Beine. Ich machte ein paar Schritte und bumste Nase voran gegen etwas Glattes mit einem komischen, langweiligen Geruch. Ich leckte es ab. Es schmeckte auch langweilig, nicht annähernd so interessant wie das Fell meiner Mutter oder meiner Geschwister.

Die ganze Aufregung hatte mich ganz schön mitgenommen, also bahnte ich mir meinen Weg zurück zu meiner schlafenden Schwester und quetschte mich für ein Nickerchen unter sie. Später wagte ich mich noch ein Stück weiter vor. Der Pappkarton schloss uns von allen Seiten ein. Er war auch unter meinen Pfoten. Wir waren in einer Kiste.

Manchmal kam eine Frau, beugte sich über die Kiste und sprach mit uns. Dann blinzelte ich sie verschlafen an. Ihre Stimme klang freundlich, und ihre Hände waren sanft, wenn sie in die Box griff und mich streichelte. Meine Mutter wedelte mit dem Schwanz, um uns zu erklären, dass diese Frau eine Freundin war.

Eines Tages schob sich ihre Hand unter meinen Bauch und hob mich hoch in die Luft.

»Du brauchst einen Namen«, erklärte sie, während sie mich vor ihre Nase hielt. Ich schleckte sie ab, und sie kicherte. »Süß bist du allemal. Wie wäre es mit Molly? Du siehst mir ganz wie eine Molly aus. Willst du die Umgebung erkunden? Diese Beinchen haben schon Kraft.« Sie setzte mich auf eine neue Oberfläche. Sie war runzlig und weich. Eifrig steckte ich die Nase hinein. Ich roch Seife, weiche Baumwollfusseln und andere Hunde. Dann knabberte ich daran. Die Frau lachte.

»Das ist nichts zu fressen, Dummerchen. Hier, vielleicht brauchst du etwas Gesellschaft. Ich glaube, diesen hier nenne ich Rocky.« Noch ein Welpe, einer meiner Brüder, landete auf der Decke neben mir. Es war einer mit kurzem Fell. Er legte den Kopf schief, begutachtete mich, nieste und kaute auf meinem Ohr herum.

Ich schüttelte ihn ab und machte mich auf, mehr über diesen neuen Ort herauszufinden. Er war erschreckend groß. Ich konnte viele, viele Schritte hintereinander machen. Staunend nahm ich zur Kenntnis, wie viel Platz es auf der Welt gab! Als ich mit der Nase gegen ein neues Paar Schuhe stieß, war ich völlig erledigt. Ich hatte gerade noch genug Kraft, mit den Zähnen den Schnürsenkel zu packen und ein wenig daran zu zerren.

Die Besitzerin der Schuhe beugte sich über mich und zog mir den Schnürsenkel aus dem Maul. Ich knurrte, um ihr klarzumachen, dass der mir gehörte.

»Wie niedlich!«, sagte die Person mit den Schuhen. »Ist sie ein Pudel, Jennifer?«

»Zur Hälfte«, sagte die Frau, die mich aus der Kiste gehoben hatte. Sie hieß wohl Jennifer. »Die Mutter ist ein reinrassiger Pudel, so viel ist sicher. Aber der Vater – wer weiß? Ein Cockerspaniel vielleicht? Ein Terrier?«

»Wie viele hat sie?«

»Sieben«, sagte Jennifer. »Sie war trächtig, als ich sie gefunden habe. Sobald die Welpen entwöhnt sind, muss ich mich um ihre Kastration kümmern. Dann suche ich ihr ein neues Zuhause.«

»Und ein Zuhause für all die Welpen?«, fragte die Frau mit den Schuhen. »Zwei nehmen wir, mehr geht leider nicht.« Sie nahm mich mit ihren sanften Händen hoch und setzte mich zurück in die Kiste, wo ich mich an meine Mutter kuschelte und mir einen Imbiss genehmigte.

»Natürlich. Das verstehe ich«, sagte Jennifer. »Keine Sorge. Ich kümmere mich schon ziemlich lange um Pflegehunde. Normalerweise kommt zur rechten Zeit auch der rechte Mensch.«

Sie strich mir über den Kopf, als ich mich neben meiner Mutter, wo ich hingehörte, für ein Nickerchen zusammenrollte.

Von da an holte Jennifer uns immer öfter aus der Kiste.

Ich bekam die Chance, das Wohnzimmer zu erkunden, wo ich mich auf ein Sofakissen stürzte, um ihm zu zeigen, wer hier das Sagen hatte, und sah mich sogar im Flur um, wo der Boden so glatt war, dass mir die Pfoten unter dem Körper wegrutschten. Als ich hingeplumpst dalag, wollte meine Schwester auf mich klettern, aber auch sie fand mit den Hinterbeinen keinen Halt, also klappte das nicht. Ich musste mich nur zur Seite rollen und sie abschütteln.

Da erhaschte ich zum ersten Mal den Geruch eines anderen Hundes in der Luft.

Mein Kopf schoss hoch. Auch die Ohren spitzte ich. Mit großen Augen und angestrengt schnüffelnd kam ich auf die Beine. Am anderen Ende des Flurs stand ein großer Hund und beobachtete mich.

»Barney? Sei nett zu den neuen Welpen«, sagte Jennifer.

Barney war sehr groß, viel größer als meine Mutter, und ich roch, dass er ein Männchen war. Er hatte überraschend lange Ohren, die an beiden Seiten seines Gesichts herunterhingen und hin und her pendelten, als er den Kopf senkte.

Ich war wie hypnotisiert. Solche Ohren hatte ich nicht. Genauso wenig wie meine Mutter oder meine Geschwister. Dem musste ich auf den Grund gehen. Meine Schwester blieb hinter mir und winselte leise nach unserer Mutter, damit sie kam und uns rettete. Aber ich wollte mehr erfahren.

Bei jedem Schritt rutschten meine Pfoten fast unter mir weg. Meine Krallen waren keine Hilfe, auf dem polierten Holz fanden sie einfach keinen Halt. Aber ich gab nicht auf, und bald stand ich vor dem neuen Hund.

Barney senkte seine riesige Schnauze auf den Boden. Sie war genauso groß wie ich! Er schnüffelte mir ins Gesicht. Dann beschnupperte er mich am ganzen Körper und schubste mich so fest mit der Nase, dass ich das Gleichgewicht verlor und auf den Hintern plumpste. Aber ich hielt still. Er war größer und älter, und ich wusste, dass ich mich ruhig verhalten musste, während er machte, was ihm einfiel.

»Braver Hund, Barney«, sagte Jennifer. Seine Nase wanderte zurück zu meinem Kopf. Er ließ ein Seufzen hören und wandte sich zum Gehen.

Seine langen, labbrigen, seidenweichen Ohren schwangen vor und zurück, vor und zurück. Und ich konnte nicht widerstehen.

Ich sprang vor und schnappte mit meinen Zähnchen nach diesen Ohren. Barney schnaubte und zog den Kopf

weg. Ich ließ nicht los. Das war wie Tauziehen! Wirklich fest zubeißen konnte ich mit meinem schwachen Kiefer noch nicht, aber dieses Spiel liebte ich bereits. Ich spielte es mit meinen Geschwistern in der Kiste, wann immer wir etwas zum Zerbeißen fanden. Aber mit etwas so Tollem wie diesem langen, weichen, baumelnden Ohr hatte ich noch nie gespielt.

»Molly, nein!«, rief Jennifer und versuchte, streng zu klingen. Aber sie lachte. Barney wich mit ratloser Miene zurück. Weil ich immer noch an seinem Ohr hing, schleppte er mich mit. Dann schüttelte er seinen großen Kopf, und ich verlor den Halt, machte einen Salto und landete, alle viere von mir gestreckt, flach auf dem Boden.

Barney schnaubte noch einmal und trabte davon. Ich rappelte mich auf, bereit, ihn zu jagen und das Ohr wieder zu erbeuten. Aber Jennifer sammelte mich rasch auf und setzte mich zurück zu meinen Geschwistern in die Kiste.

Fair war das nicht, denn ich wusste, wenn ich mich mit den Füßen hätte abstemmen können, hätte ich ganz doll an seinem Ohr gezerrt. Aber eine anständige Mahlzeit und ein Nickerchen brachten mich schnell auf andere Gedanken.

Während meine Wurfgeschwister und ich immer größer wurden, schien die Kiste mehr und mehr zu schrumpfen, und unsere Mutter brauchte öfter mal welpenfreie Zeit. Jennifer ließ uns jetzt immer wieder zum Spielen nach draußen.

Ich *liebte* Draußen. Es war toll!

Es gab Gras, auf dem man herumkauen konnte, und sein spannender, fruchtiger Geschmack war anders als alles, was ich aus dem Haus kannte. Dann gab es da Stöckchen, die sogar noch besser schmeckten. Vögel flatterten über unseren Köpfen. Einmal kratzte ich die Erde auf und fand einen Wurm, der sich unter meinen Pfoten drehte und wand. Freudig schnupperte ich an ihm, bis einer meiner Brüder mich umrannte. Der Wurm grub sich wieder ins Erdreich, während ich mich um den Störenfried kümmerte.

Barney kam selten nach draußen. Am liebsten verbrachte er seine Tage schlafend auf einem weichen Bett in einer Ecke im Haus. Aber da war noch ein Hund namens Che, der fast nie nach drinnen ging, höchstens zum Essen. Che war groß, hatte graues Fell und liebte es, zu rennen. Noch besser gefiel es ihm, wenn er gejagt wurde.

Als ich das allererste Mal draußen war, schoss er auf mich zu, als ich neben Rocky saß. Che legte seine Vorderbeine flach auf den Boden, das Hinterteil streckte er in die Luft, sein Schwanz wedelte wild hin und her. Dann sprang er auf und rannte weg. Mit einem Blick über die Schulter prüfte er, ob wir verstanden hatten.

Rocky und ich schauten ihn mit großen Augen an. Was wollte er?

Che bemerkte wohl, dass wir es nicht kapiert hatten. Er kam zurück, verbeugte sich ein weiteres Mal und flitzte wieder davon. Ches buschiger Schwanz schien Rocky zu interessieren. Er jagte hinter ihm her, und ich blieb Rocky auf den Fersen. Er sollte ohne mich keinen Spaß haben.

Im Kreis rannte Che durch den Garten, so schnell, dass er wieder hinter uns ankam. Ich fuhr herum und starrte ihn an. Rocky bellte mit schriller Stimme.

Che verbeugte sich erneut und raste weiter. Wir schossen hinterher, rannten so geschwind, wie uns unsere kurzen, unbeholfenen Beinchen trugen. Anscheinend machten wir das richtig. Von da an bat Che uns jedes Mal, wenn wir in den Garten kamen, ihn zu jagen. Und wir taten ihm den Gefallen.

Aber Che blieb nicht lange bei Jennifer. Eines Tages kam eine Frau zu Besuch und nahm Che mit. »Was Sie tun, ist wirklich wundervoll«, sagte sie zu Jennifer, als sie mit Che an der Leine am Gartentor stand. »Würde ich beschließen, Pflegehunde aufzunehmen, müsste ich zum Schluss wahrscheinlich alle behalten.«

Jennifer lachte. »Das nennen wir ›Pfleger-Fehlfunktion‹. So kam ich zu Barney. Er war mein erstes Findelkind. Aber ich habe erkannt: Wenn ich mich nicht zusammenreiße, dann adoptiere ich ein paar Hunde, und dann war's das, und ich kann keinem anderen Hund mehr helfen.«

»Komm, Che«, sagte die neue Frau und zupfte an der Leine. Schwanzwedelnd hüpfte Che ihr hinterher. Sie traten durch das Tor, und es fiel hinter ihnen ins Schloss. Che war fort.

2

Ich rannte zum Tor und stemmte die Vorderpfoten dagegen. Dann jaulte ich, so laut ich nur konnte. Wo war Che? Kam er nicht zurück? Wen sollte ich jetzt jagen?

Jennifer trat zu mir und streichelte mir den Kopf. »Ist schon gut, Molly«, sagte sie leise. »Hunde suchen sich den richtigen Menschen und leben dann bei ihm. Das ist der Lauf der Dinge.«

Die Worte verstand ich nicht, aber ihr Streicheln tröstete mich. Ich ließ mich eine Weile tätscheln, dann eilte ich zurück zu meiner Mutter und vergrub mich in ihrer weichen, warmen Flanke. Sie leckte mich ab, und es ging mir schon besser.

Trotzdem war es schwer zu verstehen, was mit Che passiert war. Ich war nur froh, dass ich nirgendwohin musste. Dass ich für immer in diesem Garten bleiben konnte, bei Jennifer und Rocky, meinen anderen Geschwistern und meiner Mutter.

Ein paar Tage später kam eine neue Hündin. Rocky und ich spielten gerade im Garten, als Jennifer sie durchs Tor führte.

Ich setzte mich auf, Rockys Pfote immer noch im Maul, und schaute sie an. Sie war sehr dünn, hatte helle Augen und ein ebenso helles Fell.

»Na, ihr Kleinen, das ist Daisy«, sagte Jennifer. Sie griff nach Daisys Halsband, um die Leine zu lösen. Die Hündin schreckte vor Jennifers Hand zurück, und kaum war sie frei, flitzte sie davon und versteckte sich unter einem Gartentisch. Dort fühlte sie sich anscheinend sicher.

Meine Mutter lief zu ihr, um sie eingehend zu beschnuppern. Daisy hielt still, dann schnüffelte sie zurück. Auch Rocky und mir begegnete sie ohne Scheu. Sie senkte den Kopf, damit wir sie beschnuppern konnten, und ließ sich für ein kleines Raufspiel sogar fallen. Ich beschloss, Daisy zu mögen. Balgen machte tatsächlich noch mehr Spaß als Jagen.

Als aber Jennifer mit unseren Futter- und Wassernäpfen nach draußen kam, wartete Daisy ab, bis Jennifer weit genug entfernt war, bevor sie sich auf ihr Fressen stürzte und es in drei Happen verschlang.

»Feines Mädchen«, sagte Jennifer leise. Sie saß auf der Treppe zum Haus und beobachtete Daisy beim Fressen.

»Du gewöhnst dich schon noch an nette Menschen. Das wird nicht lange dauern. Willst du dich noch ein bisschen verstecken?«

Daisy schleckte ihren Napf sauber und flitzte zurück unter den Gartentisch, gerade als das Gartentor aufging und zwei neue Menschen eintraten. Beide waren kleiner als Jennifer. Der eine war männlich, der andere weiblich – das konnte ich riechen. Und beide lachten.

Jetzt erkannte ich, dass sie jung waren. So etwas wie menschliche Welpen. Ein Junge und ein Mädchen.

Das war spannend.

»Wie süß«, rief das Mädchen aus. Sie ließ sich auf die Knie fallen und breitete die Arme aus. Was das bedeutete, wusste ich sofort. Meine Mutter blieb bei Daisy am Gartentisch, aber ich flitzte, Rocky neben mir, auf das Mädchen zu.

Da war etwas an diesem Mädchen – an dem warmen Geruch ihrer Haut und ihrer Haare, an dem Klang ihres Lachens, als sie mich in die Luft hob und vor ihr Gesicht hielt, an dem Geschmack von Toast und Butter und Honig an ihrem Mund, als ich sie ableckte. Dieses Mädchen war etwas Besonderes.

In diesem Moment beschloss ich, dass dieses Mädchen mir gehörte.

Adrenalin schoss durch meine Adern, und ich konnte nicht mehr stillhalten. Ich wand mich, bis das Mädchen mich auf den Boden setzte, und dort tanzte und wirbelte ich durch die Wiese, während mein Schwanz wild wedelte. Ich rannte von dem Mädchen weg, machte einen Bogen und kehrte zu ihr zurück, um ihre Hände abzuschlecken und zu hören, wie sie noch mehr lachte.

Der Junge neben ihr lachte auch. »Komm mit, hierher!«, rief er und rannte ein paar Schritte. Auch ohne die Verbeugung, die Che immer machte, war klar, was er wollte. Rocky raste hinter ihm her und hüpfte auf seine Tennisschuhe.

»Und, was meinst du, Trent?«, fragte das Mädchen.

»Er ist super!«, antwortete der Junge.

Sonst liebte ich Jagdspiele auch, aber dieses Mal blieb ich bei dem Mädchen, versuchte, an ihr Gesicht heranzukommen, und leckte ihr das Kinn.

»Scheint ganz so, als hätte Molly sich verguckt«, sagte Jennifer zu dem Mädchen. »Ich komme gleich wieder. Lernt ruhig erst einmal die Welpen ein bisschen kennen.«

Jennifer ging hinein, aber das Mädchen blieb an meiner Seite. Und das war auch richtig so. Das war es, was sie tun sollte. »Ach, bist du niedlich«, sagte das Mädchen und strich mir die Ohren aus dem Gesicht. Ich gab ihr

einen Handkuss. »Aber meine Mom würde mir nie einen Hund erlauben«, erklärte sie mir. »Ich bin nur mit Trent mitgekommen.«

Der Junge hob Rocky hoch und kam mit ihm zu uns zurück. »Schau, C. J., siehst du seine Pfoten? Er wird mal größer als diese da. Wie heißt sie?«

»Molly«, antwortete sie. Als ich meinen Namen aus ihrem Mund hörte, wedelte ich vergnügt mit dem Schwanz. Sie stand auf, und ich stellte mich auf die Hinterbeine, hielt mich mit den Vorderpfoten an ihrer Jeans fest und machte mich so lang ich nur konnte, bis sie mich hochnahm.

Sie hatte warme braune Augen und Sommersprossen im ganzen Gesicht. Ich kuschelte mich in ihre Arme und schaute ihr tief in die Augen.

Und da kam mir ein neuer Gedanke. Ich sollte mich um dieses Mädchen kümmern. Das war meine Aufgabe.

Vielleicht hatte Che deshalb den Garten verlassen! Womöglich war die Frau, mit der er gegangen war, sein Mensch, und er musste auf sie aufpassen, so wie ich auf das Mädchen achtgeben sollte. C. J., so hieß sie. C. J. war mein Mädchen, und ich würde so gut auf sie aufpassen, wie ich nur konnte.

Beim Gedanken daran, den Garten, meine Mutter und

alles, was ich kannte, zu verlassen, fuhr mir ein dumpfer Schmerz durch die Brust. Aber solange ich mich in C.J.s Arme schmiegen konnte, war das in Ordnung.

»Den möchte ich«, sagte der Junge nun. »Rocky, kommst du mit mir nach Hause?« Rocky wand sich in seinen Armen, und Trent setzte ihn vorsichtig in die Wiese. Mein Bruder stürzte sich auf einen Gummiknochen und schüttelte ihn.

»Ist das aufregend«, sagte C.J. Sie ließ auch mich sanft zu Boden gleiten. »Du hast wirklich Glück, Trent.«

Sie versuchte, Rocky zu streicheln, aber ich drängte mich zwischen die beiden und schob den Kopf unter ihre Hand. Sie lachte.

»Molly mag dich«, sagte Trent.

»Ich weiß.« Irgendwie hatte sich eine Spur Trauer in ihre Stimme eingeschlichen. Wie komisch, dass sie traurig war, obwohl wir zusammen waren! Ich bekam einen ihrer Socken mit den Zähnen zu fassen und zog.

»Aber Gloria«, fuhr das Mädchen fort. »Ich höre schon ihre Stimme. ›Die sind so dreckig. Sie sabbern alles voll.‹ Sie hasst Hunde. Sie erlaubt mir nie im Leben einen.«

»Aber cool wäre es schon«, sagte Trent. Auch er klang ein wenig betrübt. »Dann hätten wir Bruder und Schwester.«

»Ja.« C.J. ging in die Hocke und zog mir den Socken aus dem Maul, dann umfasste sie mein Gesicht mit den Händen. »Ja, das wäre wirklich cool. Ach, Molly, tut mir leid, Kleines.«

Ich schleckte ihr die Nase ab.

Jennifer kam wieder nach draußen und lächelte, als sie Trent mit Rocky und mich mit C.J. sah. »Muss ich irgendwelche Papiere ausfüllen?«, fragte Trent.

»Nein. Das hier ist ja kein richtiges Tierheim. Ich bin nur die nette Dame aus der Nachbarschaft, die Streuner aufnimmt und ihnen ein neues Zuhause sucht.«

»Also ist es in Ordnung, wenn ich Rocky nehme?« Er legte sich meinen Bruder über die Schulter.

»Mehr als in Ordnung. Aber eine Bitte: Wenn es aus irgendeinem Grund nicht klappt, bring ihn wieder hierher zurück.«

»Oh, es wird super klappen. Rocky? Bereit für dein neues Zuhause?«, fragte der Junge grinsend.

C.J. ließ mich los. Ich setzte mich hin, kratzte mir das Ohr und wartete darauf, dass sie mich wieder aufhob.

»Oh, schau sie nur an«, sagte C.J. »Es ist fast, als wüsste sie, dass ich ohne sie gehe.«

»Komm schon, C.J.«, meinte Trent. »Gehen wir.«

Wir vier – der Junge und sein Hund, mein Mädchen

und ich – liefen zum Tor. Ich hielt inne, um einen Blick zurück zu meiner Mutter zu werfen, die immer noch neben dem Gartentisch saß. Und ich zögerte. Sie legte sich hin und bettete den Kopf auf die Pfoten, dabei ließ sie uns nicht aus den Augen. Es war, als wollte sie mir sagen, dass alles in Ordnung war. Dass ich das Richtige tat. Hunde mussten ihre Mutter verlassen, damit sie ihre Aufgabe erfüllen konnten. Damit sie sich um ihre Menschen kümmern konnten.

Ich musste mich um C.J. kümmern. Es war Zeit zu gehen.

Jennifer öffnete das Tor. Rocky und Trent gingen hindurch. C.J. folgte ihnen. Ich blieb ihr dicht auf den Fersen.

»Nein, Molly«, sagte Jennifer und stellte mir einen Fuß in den Weg.

Das Tor fiel ins Schloss.

Ich setzte mich hin und starrte das hölzerne Tor an.

Auf der einen Seite war ich, das Mädchen auf der anderen. Das war nicht richtig! Da lief etwas gewaltig schief!

»Ist schon gut, Molly«, beruhigte mich Jennifer.

Ich jaulte und ärgerte mich gleichzeitig über mein dünnes Stimmchen. Wie sollte mich mein Mädchen so hören? Ich sprang an Jennifer vorbei, stemmte meine kleinen Pfoten gegen das Tor und kratzte. C.J. konnte doch nicht ohne mich gehen! Ich musste mitkommen!

Aber das Tor blieb fest verschlossen. C.J. war fort. Rocky war fort. Ich bellte und bellte mit meiner nutzlosen, leisen Welpenstimme. Jennifer war hier, genau wie meine Mutter und meine Freundin Daisy. Trotzdem fühlte ich mich, als wäre ich ganz allein auf der Welt.

3

Während ich so bellte, kam Daisy und schnupperte an mir. Sie bemerkte, dass ich unglücklich war, das sah ich ihr an. Aber warum, verstand sie nicht. Ein paar Menschen hatten den Garten verlassen. Wo lag das Problem? Tatsächlich wirkte Daisy fröhlicher, wenn keine Leute da waren.

Ich biss in den unteren Rand des Tors, davon taten mir aber nur die Zähne weh. Ich lief zu meiner Mutter, und sie leckte mich von Kopf bis Fuß ab, aber das konnte mich auch nicht trösten. Ich wollte zu meinem Mädchen!

»Molly?«

Der Klang ihrer Stimme traf mich wie der Blitz. Ich drehte mich um und bellte wieder. Da war sie. C.J. Sie stand im offenen Gartentor.

Jennifer stand lächelnd neben ihr.

C.J. ließ sich auf die Knie fallen. Ich rannte zu ihr und warf mich in ihre Arme, schleckte ihr das Gesicht ab und vergrub meine Nase unter ihrem Kinn. Das alles war nur ein schrecklicher Irrtum gewesen. Gott sei Dank! Einen Augenblick lang hatte ich wirklich geglaubt, mein Mädchen würde mich verlassen!

C.J. schaute zu Jennifer hoch und dann zu Trent, der, mit Rocky im Arm, zurück in den Garten trat. »Sie hat mich ausgesucht, was hätte ich denn tun sollen? Molly hat mich ausgesucht«, behauptete C.J.

Ich war froh, Molly zu sein. Ich war froh, bei C.J. zu sein. Sie drückte mich an sich, während sie mit Jennifer sprach und dann mit mir durch das Tor ging. Ich war bei meinem Mädchen, spürte ihre sanften Hände, die mich umschlossen, und kuschelte mich fest an ihre warme Haut. Das war noch mal gutgegangen.

»Also, was wird deine Mutter dazu sagen?«, fragte Trent. Auf dem Gehweg stand ein Bollerwagen mit einer Pappschachtel darin. Trent setzte Rocky vorsichtig in den Karton. C.J. ließ mich neben ihm in die Schachtel gleiten. Freudig und mit wedelndem Schwanz stürzte sich Rocky auf mich, als hätten wir uns tagelang nicht gesehen. Offensichtlich forderte er mich zum Duell.

Der Bollerwagen begann den Gehsteig entlangzurumpeln. Trent zog ihn. C.J. lief neben ihm her. Meine Vorderpfoten lagen schon auf Rocky, aber die Hinterbeine rutschten mir immer wieder weg.

»C.J.? Jetzt im Ernst!«, drängte Trent.

»Ich weiß auch nicht«, erwiderte mein Mädchen.

Ich bellte, damit sie wusste, dass ich sie hören konnte. Sie steckte eine Hand in die Kiste und kraulte mir die Ohren.

»Wirst du Molly behalten dürfen?«

»Na ja, was soll ich machen? Du hast gesehen, was passiert ist. Molly und ich gehören zusammen.«

»Klar, aber es ist ja nicht so, dass deine Mutter es nicht mitbekommt, wenn da plötzlich ein Hund im Haus ist«, erklärte Trent.

C.J. seufzte. Ich schleckte ihr die Finger ab. Dass von einem Hund abgeleckt zu werden, fast jeden aufmunterte, hatte ich schon gelernt.

»C.J.? Glaubst du wirklich, dass du einen *Hund* verstecken kannst? In *eurem Haus*?«, fragte Trent.

»Wenn ich wollte, könnte ich ein ganzes Wolfsrudel bei uns zu Hause verstecken«, erwiderte C.J. stur. »Die meiste Zeit weiß Gloria nicht einmal, ob *ich* da bin oder nicht. Wie will sie da einen kleinen Welpen bemerken?«

»Ja, sicher. Die nächsten sechs Jahre, also bis du aufs College gehst, versteckst du einen Hund im Haus, und deine Mom bekommt das nicht mit.«

C.J. seufzte wieder. »Weißt du was, Trent? Manchmal macht man etwas nicht, weil es logisch ist. Man macht es einfach. Okay?«

»Ja. Das ist sehr logisch.«

»Immer musst du mit mir streiten.«

Einen Augenblick lang waren beide still. Rocky hatte die Zeit genutzt, in der ich C.J.s Hand abgeschleckt hatte, um auf meinem Schwanz herumzukauen. Dem musste ich eine Lektion erteilen.

»Tut mir leid. Ich will nur, dass du auf dich aufpasst«, sagte er.

»Ich weiß. Aber, ähm, an meiner Einfahrt nicht anhalten, ja?«, sagte C.J. »Einfach weitergehen.«

Die beiden machten sich wieder auf den Weg, der Bollerwagen rumpelte hinter ihnen her, und ich stolperte über Rocky und begrub seinen Kopf unter meinem Bauch. Dann griff C.J. in die Schachtel und hob mich heraus.

Ich schaute hinunter zu meinem Bruder, der seinerseits mit geneigtem Kopf zu mir hochblickte. Es war Zeit, Lebewohl zu sagen, das wusste ich irgendwie. Genau wie ich Lebewohl zu meiner Mutter, Daisy, Jennifer und dem Garten gesagt hatte, verabschiedete ich mich jetzt von meinem Bruder. Aber das war in Ordnung, solange ich nur bei meinem Mädchen war. Meinem Mädchen, das mich brauchte.

»Bist du sicher, dass es …«, begann Trent.

»Wird schon werden, Trent«, sagte C. J. bestimmt. Dann machte sie kehrt und lief los. Hinter mir hörte ich den Bollerwagen mit Rocky wieder klappern und rumpeln, während wir den Gehweg entlang zu einem Haus liefen. Ein paar Hunde hatten ihre Markierung an den Büschen davor hinterlassen, aber die Duftspuren waren alt. Nichts deutete darauf hin, dass hier bereits ein Hund lebte.

»Okay«, sprach C. J. mich an. »Mal sehen, wie leise du sein kannst.«

Mit schnellen Schritten trug sie mich durch die Eingangstür, eine Treppe hinauf, dann einen Flur entlang und in ein Schlafzimmer. Müde vom Bellen, den Sorgen und der aufregenden Bollerwagenfahrt die Straße entlang, schmiegte ich mich an ihren warmen Körper.

»Clarity? Bist du das?«, rief eine Frau irgendwo im Haus.

»Ich bin zu Hause«, schrie C. J. Ihre Stimme war so laut, dass ich zusammenzuckte und kurz bellte, bis sie mich beruhigte, indem sie mir den Rücken streichelte. Dann setzte sie mich aufs Bett.

Der Untergrund hier war glatt und weich. Er fühlte sich ganz anders an als Holzböden, Pappschachteln oder stacheliges Gras. Ich machte einen Schritt, fiel um und kämpfte mich wieder auf die Beine. Als C.J. sich neben mich auf das Bett setzte, purzelte ich wieder hin.

C.J. kicherte. »Ach, Molly.« Sie streckte die Arme aus, um mir aufzuhelfen, und ich schleckte ihr begeistert die Hände ab. Mein Mädchen schmeckte köstlich.

Dann hörten wir beide Schritte im Flur. C.J. erstarrte.

»Molly! Psst!«, sagte sie. Dann legte sie sich hin, zog sich eine rosa-gelb gemusterte Decke bis zum Kinn und beugte die Knie, so dass ein überdachter Hohlraum entstand. Sie schnappte mich und setzte mich da hinein. Hier war es dunkel und warm, und ich war umgeben von Bettzeug, das nach meinem Mädchen roch. Was für ein tolles Spiel!

»Tada!«, trällerte eine Frauenstimme.

»Gloria? Das hast du gekauft?«, fragte C.J. erschrocken.

»Aber ja!«, sagte die andere Stimme.

»Pelz?«

Offenbar war das Ziel des Spiels, mich aus den Laken zu befreien. Ich duckte mich unter C.J.s Knien hindurch und kämpfte mich auf ihren Kopf zu, watete über weiche Wülste im Baumwollbetttuch und wackelte mit dem Kopf, um das Gewicht der Decke auf meinem Kopf loszuwerden.

»Gefällt er dir? Es ist Fuchs.«

»*Pelz?* Wie konntest du nur?«

C.J. griff unter die Decke und schob mich zurück. Kurz balgte ich mit ihrer Hand, dann schleckte ich ihr die Finger ab.

»Na, ist ja nicht so, als hätte ich irgendetwas umgebracht. Es war schon tot, als ich den Mantel gekauft habe. Und ich brauche ihn für meine Reise. Aspen ist der einzige Ort auf der Welt, an dem man noch ohne Schuldgefühle Pelz tragen kann. Vielleicht abgesehen von Russland.«

»Aspen? Wann fährst du nach Aspen?«, wollte C.J. wissen. Sie zog die Hand wieder weg. Ich tat mein Bestes, ihr hinterherzujagen.

»Am Montag. *Also* habe ich mir überlegt, dass wir am Morgen, bevor ich fahre, zusammen shoppen gehen. Nur wir beide.«

»Am Montag ist Schule«, sagte C.J.

»Ach, *Schule*. Ist doch nur ein Tag.«

C.J. robbte unter dem Federbett hervor, so dass die

Decke sich sanft auf meinen Kopf herabsenkte. »Ich will einen Joghurt«, sagte C.J.

Ich schüttelte mich heftig, wankte ein paar Schritte weiter und schob den Kopf nach draußen. Ich hatte gewonnen! Endlich! Aber zu spät. C.J. verließ bereits das Zimmer und schloss die Tür hinter sich.

»Ich hasse es, wenn du diese kurzen Hosen trägst«, hörte ich Gloria im Flur sagen. »Darin sehen deine Oberschenkel so dick aus.«

Ich war allein. Schon wieder! Aber das letzte Mal war mein Mädchen zurückgekommen. Und so würde es auch dieses Mal sein. Da war ich sicher.

Trotzdem fiel mir das Warten schwer. Ich streckte die Nase über die Bettkante und beschloss, dass ich in diesen Abgrund nicht hinunterspringen wollte. Also tigerte ich ungelenk auf der weichen, unebenen Decke auf und ab. Ich winselte. Dann kaute ich auf einem flauschigen, weißen Hasen herum, was mich etwas beruhigte.

Da öffnete sich die Tür. Mein Mädchen!

»Fein, Molly«, flüsterte sie und hob mich hoch. Ihr Atem roch wunderbar süß und milchig. Eifrig schleckte ich ihr den Mund ab, sie kicherte und erwiderte meine Küsse. Anschließend steckte sie mich tief in das Hemd, das sie trug.

Das musste ein neues Spiel sein, also versuchte ich, mich herauszuwinden. Ich wollte das Gesicht meines Mädchens noch ein bisschen abschlecken, und ich wollte sie lachen hören. Aber bevor es so weit kam, spürte ich bereits, dass sie mich die Treppe hinuntertrug, und schon standen wir in einem neuen Garten. Das erkannte ich an der frischen, warmen Luft und dem Geruch nach Gras und Erde, noch bevor C.J. mich aus ihrem Hemd zog.

Das Erste, was ich auf der Wiese machte, war mich hinhocken und pinkeln. C.J. schien das zu gefallen. Sie streichelte mich und redete mit mir, und dann holte sie eine Plastiktüte aus der Hosentasche. Darin waren einige Stücke kaltes, salziges Fleisch.

Sie bot mir etwas davon an, und hastig schlang ich es herunter. Aber der Geschmack nach Salz war so stark, dass er mir auf der Zunge brannte! Ich schüttelte den Kopf, um den Geschmack wieder loszuwerden. Dann aß ich weiter. Mittlerweile war ich hungrig, so hungrig, dass es mich fast gar nicht störte, wie unangenehm das schmeckte. Ich würgte es einfach herunter.

»Morgen besorge ich dir Welpenfutter, Molly, versprochen«, sagte C.J. »Versprochen, versprochen, versprochen. Willst du noch etwas Schinken?«

Das wollte ich. Und in dieser Nacht schlief ich in C.J.s Armbeuge. »Ich liebe dich, Molly. Ich liebe dich«, flüsterte sie, während ich in den Schlaf glitt.

Der letzte Tag mit all seinen Geschehnissen hatte mich so mitgenommen, dass ich in der Nacht nicht einmal aufwachte. Als schließlich die Sonne aufging, hätte meine kleine Blase schier platzen können. Glücklicherweise stand auch C.J. früh auf, zog sich an und brachte mich nach draußen. Leise flüsternd sprach sie mit mir, während ich mich hinhockte und eine Pfütze in der Wiese hinterließ, die die trockene Erde schon bald aufgesogen hatte.

Dann hob sie mich wieder auf und trug mich hinein. Eigentlich hätte ich vermutet, dass wir wieder in ihr Zimmer gingen, um noch ein wenig In-den-Laken-Verstecken zu spielen, aber stattdessen schleppte sie mich eine neue Treppe hinunter in den Keller.

Hier gab es eine Menge neuer Gerüche. Ich beugte mich über C.J.s Arm, und mit bebender Nase versuchte ich sie alle einzusaugen: Feuchtigkeit … nasse Erde … alter Beton … Seife … Pappkarton … und vieles mehr, was noch darauf wartete, von mir entdeckt zu werden.

C.J. setzte mich ab. Neugierig schnüffelte ich herum. Auf dem Boden lag Zeitungspapier, darunter war Pappkarton. C.J. hockte sich neben mich und fütterte mich wieder mit diesem kalten, salzigen Schinken.

»Hier unter der Treppe ist mein Geheimversteck, Molly«, flüsterte sie. »Gestern Abend habe ich das alles für dich vorbereitet. Siehst du? Da ist ein Kissen für dich und etwas Wasser. Du musst nur leise sein, ja? Ich muss kurz weg. Bald bin ich wieder da, versprochen. Also, nicht bellen. Sei leise, Molly. Leise sein.«

Ganz plötzlich bewegte C.J. sich, sie rutschte rückwärts und sprang auf. Mit einer Kiste versuchte sie mir den Weg abzuschneiden, aber ich war schneller. Dieses Spiel gewann sie nicht! Ich flitzte an dem Karton vorbei und hüpfte ihr mit wedelndem Schwanz auf die Füße.

»Molly«, stöhnte C.J.

Ich lehnte mich mit den Vorderpfoten gegen ihr Bein und wedelte noch fester. Aber zu meiner Überraschung lachte sie nicht. Mit einer Hand schob sie mich zurück in den kleinen, dunklen Raum, dem ich gerade erst entkommen war. Und wieder zerrte sie an der Kiste, um mich einzusperren.

Dieses Mal war ich zu langsam. Nase voran rumste ich gegen die Pappschachtel.

Ich hatte geglaubt, dass ich mich in Jennifers Garten klar ausgedrückt hatte. C.J. war mein Mensch. Ich wollte hier nicht zurückgelassen werden. Ich wollte bei C.J. sein!

»Sei brav, Molly«, hörte ich C.J.s Stimme von der anderen Seite der Kiste. »Denk dran, leise sein. Nicht bellen.«

Missmutig setzte ich mich hin. Was sollte das alles? Wo war mein Mädchen? Ich kratzte an der Kiste, aber die rührte sich nicht. Dann tigerte ich auf und ab und trat dabei in meinen Wassernapf. Dann entdeckte ich ein Stück Schinken, das ich vorher übersehen hatte, und aß es. Meine Zunge brannte, also eilte ich zur Wasserschüssel und trank ein paar Schlucke.

Mein Mädchen würde schon zurückkommen. Natürlich würde sie das. Sie war auch in Jennifers Garten zurückgekehrt. Und das Schlafzimmer hatte sie auch nur kurz verlassen. Aber ich wünschte, sie würde verstehen, dass wir *immer* zusammen sein sollten!

Ich machte ein kleines Nickerchen. Dann fand ich einen Ball, der nur ein bisschen zur groß für mein Maul war, und kaute darauf herum, so gut ich konnte. Schließlich musste ich mich hinhocken und eine kleine Pfütze in der Ecke hinterlassen. Mein eigenes Pipi roch nicht gerade interessant, also beschloss ich, dass ich lange genug gewartet hatte.

Ich bellte, so laut ich konnte. Von den Wänden der kleinen Nische, in der ich eingesperrt war, hallte das Bellen zurück, so dass es klang, als würden hier mindestens zwei traurige, gelangweilte, einsame Welpen festsitzen. Besonders laut war es trotzdem nicht.

Aber nun, da ich einmal angefangen hatte zu bellen, fand ich, es wäre eine gute Idee, noch eine Weile weiterzumachen. Erst als ein neues Geräusch an meine Ohren drang, hörte ich auf.

So etwas hatte ich noch nie gehört. Es klang nicht nach Worten oder Bellen, auch nicht wie ein Auto, das die Straße hinunterbrauste. Es war ein menschliches Geräusch, da war ich ziemlich sicher. Wie ein Zwischending aus Schreien und Jammern. Heulten Menschen, wenn sie aufgeregt waren? Hatte irgendein Mensch Schmerzen?

Es war schrecklich. Unruhig lief ich umher und winselte. Dieses schreckliche Geräusch wurde lauter, und ich hörte schwere Schritte auf der Kellertreppe. C.J. war das nicht – so viel war klar. Ein seltsamer Geruch – gleichzeitig blumig und ölig – waberte um die Kiste herum, die mich einsperrte. Gehörte dieser Geruch zu dem verwirrenden Geräusch? Ängstlich duckte ich mich und winselte, so leise ich konnte.

Über mir öffnete und schloss sich die Haustür. Gleich danach ging die Kellertür auf.

»Gloria? Bist du da unten?« Das war C. J.s Stimme, so laut, dass ich sie trotz des Heulens hören konnte.

Erleichterung durchströmte mich. Aufspringen und vor Freude bellen traute ich mich noch nicht, aber ich wedelte fest mit dem Schwanz.

Schritte polterten die Treppe herunter. »Gloria?«, rief C. J. noch lauter.

Es folgte ein gellender Schrei. Ich machte einen Satz. C. J. schrie auch auf. Ich drängte mich in die dunkelste Ecke meiner Nische. Was passierte da?

»Clarity June, du hast mich zu Tode erschreckt!«, keuchte Gloria.

»Warum hast du nicht geantwortet? Was machst du da?«, fragte C. J.

»Ich habe gesungen! Ich hatte die Kopfhörer auf! Was ist in der Tasche?«

»Das ist Hundefutter. In der Schule, ähm, haben wir ein Wohltätigkeitsprojekt.«

»Glaubst du wirklich, dass es einen guten Eindruck macht, wenn du den Leuten Hundefutter bringst?«

»Mom! Das ist nicht für die Leute. Es ist für ihre Hunde. Auch Hunde brauchen manchmal Hilfe. Holst du die Wäsche? Ich lege sie zusammen«, bot C.J. an. »Komm, bringen wir sie hoch.«

C.J. und Gloria stiegen wieder die Treppe hoch und ließen mich allein. Ich sprang auf und kratzte diesmal noch fester an der Kiste. Ich hechelte schon vor Nervosität und Ungeduld.

Wie konnte es sein, dass C.J. zurückkam, mich aber hierließ? Wusste sie denn nicht, dass ich sie brauchte?

Außerdem hatte ich mittlerweile großen, großen Hunger.

4

Es kam mir vor, als wartete ich noch einen vollen Tag. Wie lange genau? Wer weiß. Aber bevor ich wieder Schritte auf der Kellertreppe hörte, verging jede Menge Zeit.

Ich roch C.J. Und Fressen. Toll! C.J. *und* Fressen!

Sie schob die Kiste weg, und ich hüpfte ihr entgegen, wedelte mit dem ganzen Körper und kraxelte auf ihren Schoß. Dann ließ ich mich wieder auf den Boden fallen, um meine Nase in die Futterschüssel zu stecken, die sie auf den Boden gestellt hatte.

»Jetzt ist sie endlich weg. Sie muss Besorgungen machen«, sagte C.J. »Oh, Molly, es tut mir wirklich, wirklich leid.«

Ich war zu sehr mit Fressen beschäftigt, um mehr zu tun, als ihr kurz die Hand abzuschlecken. Das Futter bestand aus kleinen knusprigen und schmackhaften Stückchen, die mir nicht so auf der Zunge brannten wie der Schinken. Ich fraß, so schnell ich konnte, und nahm anschließend ein paar Schlucke Wasser, während C.J. die feuchten Zeitungen aufhob, die ich unter der Treppe hinterlassen hatte, und neue Blätter auslegte. Dann öffnete sie eine Tür, die direkt vom Keller in den Garten führte, und nahm mich mit raus.

Ich *liebte* den Garten. Zwar waren hier keine anderen Hunde wie Che, Barney oder Daisy, dafür gab es Gras, Erde, Ameisen und Käfer zum Jagen, Stöckchen, auf denen ich herumkauen konnte, und Würmer zum Ausbuddeln. Und natürlich gab es C.J.

Ich ließ mich in die warme Wiese plumpsen und wälzte mich freudig. C.J. legte sich neben mich auf den Boden. Wie aufregend! Jennifer war immer nett gewesen, aber sie war nie mit mir durchs Gras gekugelt!

Ein paar Minuten spielten wir Tauziehen mit einem Lappen, aber ich hatte einen langen Tag hinter mir und war erschöpft. C.J. nahm mich hoch und hielt mich fest, bis ich auf ihrem Schoß eingeschlafen war.

Als ich aufwachte, befand ich mich wieder in der Nische unter der Treppe.

Ich bellte ungeduldig. Hier wollte ich überhaupt nicht sein! C.J. schien das zu begreifen, denn wenige Minuten später hörte ich ihre Schritte auf der Treppe.

Sie schob die Kiste weg. »Psst, Molly! Du musst leise

sein!«, sagte sie. »Wenn meine Mutter herausfindet, dass du hier bist, muss ich dich weggeben!«

Langsam glaubte ich, mein Mädchen zu verstehen. Wenn ich sie brauchte, musste ich nur bellen, und sie würde kommen.

Sie holte mich aus der Nische, und ich erkundete den Keller, schnüffelte in die dunklen Ecken, und mir blieben Spinnweben an der Nase kleben, die C.J. vorsichtig abzupfte. Als ich mich auf den Betonboden hocken musste, lachte C.J. nur, schüttelte den Kopf und wischte die Pfütze auf. Dann umarmte sie mich und knutschte mir das ganze Gesicht ab. Die Liebe, die sie ausstrahlte, war so stark, dass ich ganz zappelig wurde.

Draußen spielten und spielten wir, bis mir nach Schlafen zumute war. Da machte es mir auch kaum mehr etwas aus, als sie mich zurück unter die Treppe brachte. Ich wusste ja, wenn ich bellte, würde sie kommen. Aber erst einmal machte ich ein langes Nickerchen. C.J. musste mich aufwecken, als sie mitten in der Nacht kam, und mich zum Spielen und Balgen nach draußen in den kühlen Garten nahm.

»Psst, Molly«, sagte sie immer wieder. »Psst!«

Das hieß vermutlich, dass sie sich genauso freute wie ich, dass wir zusammen draußen waren.

Am nächsten Morgen wachte ich wieder in der Nische unter der Treppe auf und lauschte den seltsamen, lauten Geräuschen von oben. Der Klang ähnelte dem Jaulen von Gestern, aber die Stimmen waren andere. Außerdem hörte ich Gloria sprechen. »Stellst du bitte diese Musik leiser?«, rief sie.

Ich bellte und kratzte an der Kiste, die meinen Ausgang blockierte, bereit, mit C.J. zu spielen. Aber aus irgendeinem Grund ließ mein Mädchen sich Zeit.

Ein seufzender Luftzug verriet mir, dass die Tür, die Keller und Garten verband, aufgeschoben wurde. Die Kiste glitt zur Seite, und ich sprang in C.J.s Arme. Sie trug Jeans und ein glitzerndes T-Shirt, außerdem hatte sie sich einen Rucksack umgeschnallt. Mit vor Freude wild pochendem Herzen schleckte ich ihr das Kinn ab. Zeit, Spaß zu haben!

»Sie sitzt noch beim Frühstück«, flüsterte C.J. mir zu. »Du musst leise sein, Molly. Das schaffst du, nicht wahr, Kleine?«

Sie stellte mir einen gefüllten Futternapf auf den Boden, und daneben einen mit Wasser, also folgerte ich, dass sie mich fragte, ob ich Hunger hätte. Natürlich! Als ich fertig war, nahm sie mich hoch und trug mich in den Garten und durch das Tor auf den Gehweg. Dann rannte sie los, und ich hüpfte in ihren Armen auf und ab. Wirklich bequem war das nicht. Tauziehen mit einem Lappen oder Würmer ausgraben waren viel bessere Spiele. Aber wenigstens waren wir zusammen.

Als wir einen Park erreichten, ließ C. J. mich runter. Der Park war *wundervoll.* Noch viel besser als der Garten!

Hier gab es jede Menge Gras, in dem man herumtollen konnte, Blumen zum Hineinbeißen und Eichhörnchen, die in den Ästen über uns keckerten. Beim Versuch, sie zu beobachten, wurde mir ganz schwindlig, und ich jagte von Baum zu Baum hinter ihnen her. Hier gab es ganz ausgezeichnete Erde zum Buddeln, und ich konnte riechen, wie viele Hunde vor mir hier gewesen waren. Wenn ich mit Rennen, Buddeln und Schnuppern vorläufig fertig war, konnte ich immer zurück zu meinem Mädchen laufen, mich auf ihren Schoß plumpsen lassen, wo sie mir den Rücken kraulte oder mit sanften Fingern über meine Ohren strich.

Diesen Morgen verbrachten wir gemeinsam im Park, nur C. J. und ich. Nachdem wir lange gespielt hatten, zog C. J. eine Stofftasche aus ihrem Rucksack. Darin war unser Mittagessen.

Auch einen Napf holte sie aus dem Rucksack, und

da hinein füllte sie mein leckeres knuspriges Futter. Sie selbst aß Schinken, den sie zwischen zwei Brote gelegt hatte. Dann goss sie Wasser in ihre hohle Hand und ließ mich so viel trinken, wie ich wollte.

Nach dem Mittagessen machte ich ein langes Nickerchen neben C.J., die ausgestreckt in der Wiese lag. Als ich aufwachte, fand ich ein ansehnliches Stöckchen und schleppte es zu meinem Mädchen, damit sie mich streicheln konnte, während ich es zernagte. C.J. tat mir den Gefallen. Plötzlich hörte sie auf, mir die Ohren zu kraulen, und winkte. »Trent, hallo!«, rief sie. »Hier sind wir!«

Ich wusste, dass sie nicht mit mir sprach, also konzentrierte ich mich weiter auf das Stöckchen. Da rammte mich zu meiner großen Überraschung ein Fellknäuel in meiner Größe, und ich fiel um.

Weicher Pelz umschloss mich, und mir stieg ein vertrauter Duft in die Nase. Das war mein Bruder! Das war Rocky!

Ich hatte geglaubt, dass wir uns nie wiedersehen würden, nachdem wir Jennifers Garten verlassen hatte. Mein Gefühl hatte mir irgendwie gesagt, dass es so lief, wenn Hunde ihren Müttern und Geschwistern den Rücken kehrten, um bei ihren Menschen zu sein. Aber da war Rocky, kugelte mit mir über die Wiese, und ich freute mich so, ihn zu sehen, dass ich ihm auf den Kopf sprang und fröhlich an seinen Ohren knabberte.

C.J. und Trent saßen lachend auf dem Boden. »Erkennen sich die beiden wieder? Was glaubst du?«, fragte Trent.

»Natürlich!«, meinte mein Mädchen kichernd. »Schau doch nur, wie glücklich sie sind!«

»Ist deine Mom schon weg?«, fragte Trent. »Du könntest doch bei uns wohnen, solange sie Urlaub macht. Meine Mom wäre bestimmt einverstanden.«

»Sie fährt heute Nachmittag«, erklärte C.J. »So lange muss ich mit Molly im Park bleiben. Und das Alleinsein macht mir nichts aus. Ist ja nicht so, als wäre das noch nie vorgekommen. Außerdem habe ich jetzt Molly.«

»Ja, stimmt.« Trents Tonfall klang besorgt, aber dem schenkte ich wenig Beachtung, weil ich gerade Rocky auf den Boden drücken musste. »Aber Gloria kommt in zwei Tagen zurück, C.J.!«

»Das *weiß* ich. Es ist nur … nicht jetzt, okay. Schau dir doch die Kleinen an. Lass uns einfach Spaß haben.«

Nach dem Spielen hob Trent Rocky hoch und verabschiedete sich, und auch C.J. nahm mich auf den Arm und trug mich nach Hause. Endlich schien sie verstanden zu haben, dass die Nische unter der Treppe kein geeigneter Platz für Hunde war. Stattdessen trug sie mich zur Vordertür hinein und setzte mich auf den Wohnzimmerboden.

Ich war so froh, dass wir zusammen in unserem Zuhause waren, dass ich wedelnd und bellend durch den Raum hätte laufen können. Aber nach dem Vormittag im Park war ich ziemlich müde, also ließ ich mich nur vor C.J.s Füßen nieder und hechelte glücklich.

Sie nahm mich hoch, legte mich auf die Couch, und wir kuschelten. Ich schmiegte meinen Kopf an ihren Hals, seufzte zufrieden und schlief ein.

An diesem Abend fütterte C.J. mich im Wohnzimmer. Zusammen saßen wir auf dem Boden vor dem Kamin. Sie aß noch ein Schinkenbrötchen und hatte die Augen auf ein flaches Rechteck aus Glas gerichtet, auf dem flackernde Bilder zu sehen waren. Als ich ein Bellen aus der Richtung des Bildschirms hörte, setzte ich mich auf und spitzte die Ohren. War da noch ein Hund im Haus?

»Molly, du Dummerchen«, sagte C.J. liebevoll. Dann steckte sie mir ein Stück Schinken zu. Er schmeckte sogar noch besser, wenn sie mir kleine Stückchen zusteckte, weil ich so ihre Liebe spürte und frischer Schinkengeschmack an ihren Fingern haften blieb. »Nur wir beide sind hier. Weißt du was? Mir gefällt es besser, wenn sie weg ist. Besonders, weil du da bist, Kleine. Du leistest mir Gesellschaft.«

Ich hockte mich hin und hinterließ eine Pfütze auf dem Boden. C.J. saß plötzlich ganz aufrecht auf der Couch und ließ ihr Brötchen fallen. Darauf stürzte ich mich natürlich sofort, während sie davonlief und viereckige Stofftücher holte, mit denen sie den Teppich abtupfte. Dann nahm sie mich mit nach draußen.

In dieser Nacht schlief ich in C.J.s Bett, und darüber freute ich mich so, dass ich immer wieder aufwachte und ihr das Gesicht abschleckte. Sie schob meine Schnauze dann zwar weg, aber ich wusste, dass sie das nicht so meinte. Schließlich machte ich es mir bequem und knabberte an ihren Fingern, wann immer ich das Gefühl hatte, ihr meine Liebe zeigen zu müssen. Und so verbrachten wir die Nacht.

Am nächsten Morgen stand C.J. am Herd und machte Rührei, und auch ich bekam welches in meinen Napf. Lecker! Als wir dann in den Garten gingen, regnete es, also blieben wir nicht lange. C.J. streichelte und lobte mich, als ich mein kleines und großes Geschäft auf dem Rasen verrichtet hatte, und ich schleckte ihr die Hände ab. Was mein Mädchen glücklich machte, machte auch mich glücklich.

An diesem Tag spielten wir im Haus, nur wir beide. »Komm, Molly!«, rief sie, als wir wieder drinnen waren, und ich folgte ihr in den Flur.

Sie öffnete eine Tür, und wir liefen in ein Zimmer, das ich noch nie zuvor gesehen hatte. Hier war wieder dieser Geruch, blumig und ölig, mit der Wärme einer erwachsenen Frau darin. Dieser Geruch gehörte zu Gloria, das wusste ich, und ich blickte mich nach ihr um, konnte sie aber nirgendwo entdecken.

»Da, Molly«, sagte C.J. »Siehst du den Hund im Spiegel?«

Ich erkannte das Wort »Hund« und trabte an ihre Seite. Dann machte ich einen Satz rückwärts. Hier war noch ein Hund!

Er sah genauso aus wie Rocky, aber was hatte der Kerl in meinem Haus zu suchen? Ich sprang vor, zog mich aber zurück, als der Hund mutig vorpreschte.

Er roch nicht wie Rocky. Eigentlich roch er überhaupt nicht nach Hund. Ratlos wedelte ich mit dem Schwanz. Er wedelte auch. Ich verbeugte mich, um zu sehen, ob er zum Spielen aufgelegt war. Er verbeugte sich ebenfalls.

Ich bellte. Es sah aus, als würde er zurückbellen, aber es kam kein Geräusch. Wirklich seltsam!

»Sag hallo, Molly! Wo ist der Hund?«, fragte C.J.

Ich schlich auf den Hund zu und schnupperte angestrengt. Komisch. Das konnte wohl doch kein Hund sein, nur etwas, das so aussah wie ein Hund.

»Siehst du den Hund, Molly? Siehst du ihn?«

Was da auch vor sich ging, ich verlor das Interesse. Ich machte kehrt und erkundete mit der Nase auf dem Boden den Raum. C.J. schaute immer noch dorthin, wo der Hund, der kein Hund war, gestanden hatte, und strich sich mit den Fingern durchs Haar.

Ich schnupperte unter das Bett. Ganz schön staubig roch es da. Ich steckte den Kopf weiter darunter und stieß mit der Nase gegen etwas. Mit den Zähnen bekam ich es zu fassen und zog es heraus. Der Geruch nach Schweiß, Erde und etwas Tierischem war verlockend. Und im Maul fühlte es sich gut an. Ich legte mich hin, um mal ordentlich darauf herumzukauen, während C.J. an ihren Haaren herumzupfte. Es war, erkannte ich schließlich, eines dieser Dinger, die Menschen an den Füßen trugen. Ein Spielzeug-Schuh.

»Na gut, besser wird es nicht mehr«, seufzte C.J. Sie wandte sich um und keuchte.

»Oh, Molly, nein!«

Ich blickte auf und wedelte mit dem Schwanz, weil sie meinen Namen gesagt hatte. Gemeinerweise nutzte sie diesen Augenblick der Ablenkung und schnappte mir mein neues Spielzeug weg.

»Molly, das ist … das ist … oh, Mann.« C.J. seufzte. »*Kein Spielzeug*, Molly. Ja?«

Ich wedelte noch fester mit dem Schwanz und wartete darauf, dass sie mir meinen Schuh zurückgab. Stattdessen aber öffnete sie die Tür, an der ich den Hund, der gar keiner gewesen war, gesehen hatte, und blieb zögerlich davor stehen.

Ich lief an ihre Seite. Hinter der Tür waren jede Menge Klamotten, und dieser schwere, blumige Duft waberte mir entgegen. Auf dem Boden standen jede Menge Schuhe. Sie alle rochen so gut wie der, den C.J. in der Hand hielt, aber der starke Geruch nach Gloria hielt mich davon ab, einen zu nehmen. Ich blickte zu C.J. hoch.

»Weißt du was, Molly?«, fragte sie, den Blick immer noch in den Wandschrank gerichtet. »Ich glaube nicht, dass sie den vermissen wird.«

Sie gab mir den Spielzeug-Schuh zurück, und ich schleppte ihn fröhlich ins Wohnzimmer. Der andere Raum gefiel mir ohnehin nicht besonders. Der Hund, der gar keiner war, kam womöglich zurück.

Auch in dieser Nacht schlief ich bei C.J., und das war

toll. Am Morgen machte C.J. sich Toast und gab mir etwas davon ab. Dann schaufelte sie sich Eiscreme in eine Schale, und auch die durfte ich probieren.

»Toast und Eis … das ist doch wie Müsli mit Milch. Stimmt's, Molly?«, fragte C.J.

Ich wedelte mit dem Schwanz und schleckte die Schale gründlich sauber.

Als C.J. dann mit mir in den Garten ging, war alles feucht, und die Gerüche waren köstlich und stark. Ich pinkelte wieder und buddelte anschließend ein paar Würmer aus, aber ich fraß sie nicht. Nachdem man das ein paarmal probiert hat, lernt man eben, dass sie wirklich nicht besser schmecken, als sie riechen.

Wir gingen wieder ins Haus, und C.J. spülte das Geschirr. Endlich wanderten wir wieder zum Park. Rocky und Trent tauchten dieses Mal nicht auf. Ich war enttäuscht. Aber ein anderer Hund war da. Er hieß Komm Zurück Milo.

Sobald der Besitzer die Leine von seinem Halsband gelöst hatte, raste Komm Zurück Milo zu mir. Er war größer und älter als ich, und ich wusste, was ich zu tun hatte. Ich legte mich auf den Rücken und zeigte ihm meinen Bauch, damit er sah, dass ich Bescheid wusste. Grob schnupperte er mich ab, dann rief sein Besitzer: »Komm zurück, Milo!«, und C.J. hob mich auf, also rannte er zurück.

C.J. ließ sich in die Wiese plumpsen und setzte auch mich wieder ab. Dann streckte sie sich aus, so dass ich ihr Gesicht ablecken konnte. Darüber freute ich mich so, dass ich mich bellend im Kreis drehte. »Heute Nachmittag kommt sie wieder«, erklärte C.J. »Überstehst du die Nacht, ohne zu bellen?«

Ich entdeckte ein Stöckchen. Darauf kaute ich herum, bis mir Sägespäne aus dem Maul fielen.

»Ich weiß nicht, was ich machen soll, Molly. Sie wird mir nie erlauben, dich zu behalten.« C.J. nahm mich hoch und schloss mich fest in die Arme, ein bisschen zu fest für meinen Geschmack. »Ich liebe dich so sehr.«

Sie strahlte so viel Zuneigung aus, dass es die etwas zu kräftige Umarmung gleich wieder wettmachte. Aber das Stöckchen bedurfte im Augenblick meiner ganzen Konzentration, also wedelte ich nur mit dem Schwanz.

Wieder zu Hause, erwartete mich eine herbe Enttäuschung. C.J. trug mich vom Garten direkt in den Keller und steckte mich wieder in die Nische unter der Treppe! Ich hatte geglaubt, mein Mädchen wüsste inzwischen, dass alles besser war, wenn wir zusammen waren. Ich bellte, damit sie ihren Fehler einsah.

Sie verstand. Sofort schob sie die Kiste zur Seite.

»Du darfst nicht bellen, okay, Molly?«, sagte mein Mädchen. »Sie hat mir vom Flughafen aus geschrieben. Sie kann jeden Moment kommen.«

Dann schob sie die Kiste wieder zurück. Missmutig starrte ich sie an, aber um ehrlich zu sein, war ich vom Spielen im Park wirklich müde. Auch mein neues Spielzeug war hier in der Nische, doch im Augenblick hatte ich nicht einmal genug Energie, um darauf herumzukauen. Ich rollte mich für ein Nickerchen zusammen.

Später würde ich nach meinem Mädchen bellen. Und sie würde kommen.

Ich konnte noch nicht lange geschlafen haben, da knallte oben eine Tür und weckte mich. »Ich bin wieder da«, dröhnte Glorias Stimme. »Warte nur, bis du siehst, was ich in Aspen gekauft habe!«

5

Auch wenn ich Glorias Geruch überall im Haus wahrnehmen konnte, hatte ich sie noch nie gesehen. Wahrscheinlich würde sie sich freuen, mich jetzt kennenzulernen. C.J. freute sich ja auch immer, wenn sie mich sah. Ich bellte ein paarmal und lauschte dann, aber ich hörte sie nur weiter reden. Noch einmal gab ich Laut, und da kam das erhoffte Geräusch – Schritte auf der Treppe.

C.J. schob die Kiste beiseite.

»Bitte, Molly, *bitte*. Sei leise.«

Sie hatte einen gefüllten Napf dabei, und ich schlang das Futter hinunter. Dann verstaute sie mich in ihrer Jacke und trug mich durch die Tür in den Garten. Ich hatte geglaubt, wir würden ein wenig auf der Wiese spielen, stattdessen aber eilte sie durch das Gartentor, dann den Gehweg entlang und um die Ecke.

Hier erst setzte sie mich ab, und ich hockte mich sofort hin, um meine Markierung im Gras zu hinterlassen. C.J.

streichelte und lobte mich. Aber ihre Stimme klang dabei nicht sehr fröhlich.

Sie trug mich zurück in den Keller und setzte mich wieder in die Nische. Während sie die Kiste wieder in Position schob, versuchte ich auszubüxen, aber ich war zu langsam. Schnelle Schritte trampelten die Treppe hinauf.

Dann war es still.

Ich machte ein Nickerchen, wachte aber bald wieder auf, und mir fiel ein, dass ich ganz allein war. C.J. hatte vergessen, mich zu holen, damit wir Seite an Seite einschlafen konnten.

Ich winselte.

Oben lag C.J. womöglich im Bett und fühlte sich einsam, so ganz ohne mich. Dieser Gedanke stimmte mich so traurig, dass ich noch lauter winseln musste. Dann bellte ich. Und bellte noch mehr.

»Clarity! Hörst du das?«, kreischte Gloria von oben.

Die Kellertür am Ende der Treppe wurde aufgestoßen.

»Ich glaube, das kommt von hier unten!«, schrie C.J. Fröhlich wedelte ich mit dem Schwanz, als sie die Treppe herunterkam. Sie hatte mein Bellen gehört! Sie wusste noch, wie dieses Spiel funktionierte!

»Geh wieder ins Bett, Gloria. Ich kümmere mich schon darum!«, rief C.J.

Ich hörte mein Mädchen auf der anderen Seite der Kiste und kratzte an dem Karton. Ich konnte es kaum mehr erwarten, hier endlich herauszukommen. Dieses Spiel hatte lange genug gedauert. Ich bellte.

»Da ist es schon wieder!«, sagte Gloria mit panischer Stimme. So wie es sich anhörte, musste sie oben auf der Treppe stehen. »Das ist ein Hund! Da ist ein *Hund* im Haus!«

Endlich schob C.J. die Kiste beiseite. Ich stolperte heraus, sprang ihr in die Arme und schleckte ihr das Gesicht ab.

»Nein, das ist kein Hund!«, rief sie. »Es ist … Das ist ein Fuchs! Bleib, wo du bist!«

»Was? Ein *Fuchs*? Bist du sicher?«

»Natürlich bin ich sicher! Auch Füchse bellen, weißt du, Gloria!«

»Wie ist der nur ins Haus gekommen?«, fragte Gloria vom Treppenabsatz aus. »Was hat ein Fuchs hier verloren?«

»Ähm, ich wette, der Wind hat die Kellertür aufgeweht«, sagte C.J. schnell. »Bestimmt ist er reingekommen, weil er deinen blöden Mantel gerochen hat!«

C.J. lächelte mich kurz an und kniete sich hin, um mich abzusetzen. Sie streichelte mich, und ich lehnte mich gegen ihre Beine und zappelte fröhlich, weil ich endlich bei meinem Mädchen war.

»Das kann nicht sein«, meinte Gloria zweifelnd. »Bist du ganz sicher, dass es ein Fuchs ist?«

»Ich weiß, wie ein Fuchs aussieht!«, rief C.J. und versteckte ihr Lächeln hinter einer Hand. »Es ist nur ein kleiner. Ich versuche, ihn nach draußen zu scheuchen. Du bleibst oben. Was, wenn er die Treppe hochläuft?«

Ich hörte Gloria keuchen und ein paar Schritte rückwärts machen. C.J. nahm mich hoch und rannte mit mir aus der Kellertür und in den Garten.

Wie beim letzten Mal setzte sie mich nicht ab. Stattdessen lief sie mit mir im Arm weiter auf den Bürgersteig und um eine Kurve. Da blieb sie stehen und setzte mich auf ein Stück Wiese, das ich noch nicht kannte.

Ich steckte meine Nase in jedes Grasbüschel, das ich finden konnte. Überall entdeckte ich diesen vertrauten Geruch. Rocky war hier gewesen!

C.J. klopfte an ein Fenster. Einen Augenblick später öffnete es sich, und jemand steckte den Kopf heraus. Drinnen hörte ich ein Bellen, und fröhlich erwiderte ich den Gruß meines Bruders.

»C. J.? Was machst du hier?«, fragte Trent verschlafen.

»Nimm Molly!«, sagte C. J. und hob mich in die Luft. Ich wanderte von ihren Händen in seine.

»Häh? Was? Warum gibst du mir Molly?«, wollte Trent wissen.

»Es ist nur für heute Nacht«, meinte C. J. immer noch außer Atem. »Ich erklär's dir später. Aber es ist wichtig, Trent!«

»Na gut.« Trent hob mich durchs Fenster und schloss mich in die Arme. »Aber was ist …«

»Danke!«, keuchte C. J. und rannte los, während Trent ihr nachsah und ich mich drehte und wand, um mich aus seinem Griff zu befreien und meinem Mädchen hinterherzulaufen. Aber Trent ließ mich auf den Boden plumpsen und schloss das Fenster. Da rammte mich schon Rocky, der so aufgeregt war, mich zu sehen, dass er mich glatt umrannte. Bis ich ihn abgeschüttelt hatte und die Pfoten auf das Fensterbrett legen konnte, war C. J. längst fort.

Ich winselte. Trent setzte sich neben mich und streichelte mir das Fell. Weil Rocky meinte, mir in die Hinterbeine beißen zu können, musste ich ihn durch das Zimmer jagen. Nach der Balgerei war ich so müde, dass ich auf einer Falte im Teppich einschlief, obwohl Rocky meinen Kopf anknabberte.

Als ich aufwachte, war C. J. *immer* noch nicht da.

Dafür lag Rocky neben mir, so dass ich mich auf ihn stürzen und den Tag mit einer Rauferei beginnen konnte. Er war zwar etwas größer als ich, aber normalerweise ließ er es zu, dass ich ihn auf den Boden drückte, wenn ich Lust dazu hatte.

»Ihr beide«, stöhnte Trent im Bett. »Es ist noch nicht mal fünf Uhr!«

Rocky unterbrach das Spiel und rannte zu seinem Jungen. Trents Hand lugte unter der Decke hervor, und Rocky schob seinen Kopf für eine Streicheleinheit darunter.

Da musste ich an C. J. denken. Wo war mein Mädchen? Wann kam sie, um mich abzuholen? Eine Weile bellte ich das Fenster an, damit sie mich hörte und wusste, dass ich auf sie wartete.

»Ach, Molly«, sagte Trent. Er warf die Decke zurück und setzte sich neben mich, damit er mir die Ohren kraulen konnte. Ich legte meinen Kopf in seine Hand. Er war vielleicht nicht mein Mädchen, aber er wusste, wie man kraulte. »Du vermisst sie, was? Ich weiß genau, wie du dich fühlst.«

Nachdem Trent uns gefüttert und in den Garten gelassen hatte, hörte ich, wie das Tor aufging, und da war sie. Mein Mädchen!

Ich stürzte mich auf sie, und sie nahm mich hoch. Auch Rocky hüpfte zu ihren Füßen auf und ab, und ich knurrte ein bisschen, weil er so tat, als wäre er für C.J. genauso wichtig wie ich.

C.J. trug einen Rucksack. Sie küsste mich zwischen die Ohren, und während sie und Trent beisammenstanden und mit gedämpfter Stimme sprachen, lief Rocky im Kreis um sie herum.

»Was hast du ihr gesagt?«, fragte Trent.

»Dass ich wegen eines Schulprojekts früher wegmuss.«

»*Gehst* du in die Schule?«

»Heute nicht.«

»C.J., du kannst nicht andauernd schwänzen.«

»Molly braucht mich.«

»Ja, aber …«

»Danke, dass du auf sie aufgepasst hast«, meinte C.J. noch, als sie den Garten mit mir auf dem Arm verließ.

Eine Weile spielten C.J. und ich im Park, dann gingen wir nach Hause. Erst machte ich mir etwas Sorgen, dass ich wieder in die Nische unter der Treppe musste; dieses Spiel hatte ich inzwischen wirklich satt. Aber C.J. machte es sich mit mir auf dem Sofa im Wohnzimmer gemütlich und hielt mich im Arm, während ich ein Nickerchen machte.

Doch als ich wieder aufwachte, begann das gleiche alte Lied von vorne.

Sie trug mich die Treppe hinunter und steckte mich in die Nische. Fast hätte ich es geschafft, wieder herauszuflitzen, aber C.J. war schneller.

Missmutig setzte ich mich hin. Warum tat mein Mädchen das immer?

Noch etwas anderes war merkwürdig. C.J. ging die Treppe nicht wieder hinauf. Auch verließ sie den Keller nicht durch die Tür, die in den Garten führte. Sie blieb auf der anderen Seite der Kiste.

Ich bellte, damit sie mich rausließ.

»Nein!«, sagte C.J. mit scharfer Stimme.

Ich zuckte zusammen. So hatte mein Mädchen noch nie mit mir gesprochen! Ich war so überrascht, dass ich nicht wusste, was ich tun sollte, also blieb ich einfach still sitzen.

Ein paar Minuten später schob C.J. die Kiste weg. »Feines Mädchen, Molly!«, sagte sie und überreichte mir ein knuspriges Leckerli.

Während ich es freudig verspeiste, schob sie die Kiste wieder in Position. Ich bellte.

»Nein!«, sagte C.J.

Und so ging es lange, lange weiter. Es gefiel mir nicht, allein in der Nische unter der Treppe zu sitzen, und mir fielen jede Menge andere Spiele ein, die viel mehr Spaß machten. Tauziehen? Oder Das-neue-Spielzeug-Zerbeißen? Oder auch nur Das-Mädchen-unter-dem-Kinn-Ablecken?

Aber schließlich verstand ich, dass ich einen Hundekeks bekam, wenn ich still war. Wenn ich bellte, bekam ich ein »Nein!« von C.J.

So ganz genau wusste ich nicht, was ich von alldem halten sollte oder warum sich die Regeln geändert hatten. Aber ich spielte trotzdem mit. Sonst gab es ja nicht viel zu tun.

Wir spielten Leise-Sein viel zu lange, zwischendurch tobten wir aber immer wieder im Garten, und ich machte auch ein, zwei Nickerchen. Da hörte ich oben eine Tür gehen. »Okay, sie ist da«, murmelte C.J. »Wir schaffen das, Molly.« Sie setzte mich wieder unter die Treppe und schob die Kiste in Position.

Ich war still.

C.J. ging die Treppe hoch. Ich blieb sitzen. Über mir hörte ich Schritte, sprechende Stimmen, und ich roch Essen.

Ich blieb sitzen. Dann kaute ich auf meinem Spielzeug. Dann wartete ich wieder. Es dauerte eine gefühlte Ewigkeit, aber endlich kam C.J. mit Lob und einem Leckerli, ließ mich dann durch die Kellertür nach draußen, und wir machten einen langen Spaziergang durch die Straßen des Viertels. Ich entdeckte die Fährte eines Hasen!

Wieder zu Hause, setzte C.J. mich abermals in die Nische unter der Treppe, um schon wieder Leise-Sein zu spielen. Ich seufzte und winselte ein bisschen. Aber ich war müde vom Spazierengehen, und bald schlief ich ein.

Ich schreckte auf, als ich Schritte auf der Kellertreppe hörte. Aber die waren schwerer als die meines Mädchens, und der vertraute blumige Duft stieg mir in die Nase. Es war nur Gloria.

Sie seufzte und stellte etwas Schweres auf dem Boden ab. »Ich hasse Wäschewaschen«, murmelte sie. Eine Metalltür öffnete sich und wurde kurz darauf wieder zugestoßen.

»Gloria, was machst du im Keller?« Ich hörte C.J.s aufgeregte Stimme vom Treppenabsatz her. Gleich darauf klapperten ihre Schritte die Treppe herunter.

»Was glaubst du denn?«, hörte ich Glorias Stimme. »Was sollte ich hier unten wohl machen?«

Ungeduldig wartete ich darauf, dass C.J. mich rausließ. Seit *Ewigkeiten* war ich schon leise.

»Klar, die Wäsche. Daran hab ich nicht gedacht!«, sagte C.J. mit heiterer, lauter Stimme. »Kann ich dir helfen?«

Ich winselte und kratzte an der Kiste, um C.J. daran zu erinnern, dass ich unglaublich brav gewesen war und einen Hundekeks verdient hatte.

»Na sicher«, meinte Gloria verblüfft. »Du kannst die Wäsche aus der Maschine holen.«

»Okay! Mach ich!« C.J. sprach immer noch sehr laut. Vielleicht hörte sie mein Winseln deshalb nicht. Ich versuchte es noch einmal.

»Ähm, Gloria?«

»Was ist?«

»Ich wollte dich etwas fragen. Wegen, ähm, wegen Dad?«

»Was ist mit ihm?«, fragte Gloria schroff. »Nein, das kann nicht in den Trockner. Das ist Seide, die muss an der Luft trocknen.«

»Okay, kein Problem, ich hänge es auf. Ich meine gar nicht so sehr ihn. Na ja, der Unfall ist schon so lange her. Ich denke nicht so oft an ihn. Nicht mehr.«

»Fünf Jahre«, sagte Gloria. »Fünf Jahre, die ich nun alleinerziehende Mutter bin.«

»Ja klar. Ich meine … Ich habe nur darüber nachgedacht … Hatte er nicht Verwandtschaft?«

»Welche Verwandtschaft?«, fragte Gloria.

»Also, ich erinnere mich an etwas. Gab es da nicht eine Farm? Ich glaube, da war ich einmal. Ein Weiher? Vielleicht ein Pferd? Gibt es die Farm noch?«

»Würde mich nicht wundern«, sagte Gloria und klang dabei gelangweilt. »Die Mutter deines Vaters würde den Hof nicht für eine Million Dollar aufgeben. Keine Ahnung, warum. Ein dreckiger Stall mit einem Pferd darin, dieser müffelnde Weiher und auch noch ein widerlicher Hund, der überall herumläuft, sogar im Haus. Wie man so leben kann …«

Das Leise-sein-Spiel dauerte schon viel zu lange. Ich kratzte noch fester an der Kiste. Mein Mädchen hatte doch nicht die neuen Regeln vergessen?

»Ich habe mich nur gefragt …«, meinte C.J. nervös. »Vielleicht könnte ich sie eines Tages besuchen. Sie ist meine Großmutter, oder nicht? Ich würde sie einfach gerne …«

Etwas Schweres krachte auf eine Metalloberfläche.

»Bestimmt nicht«, zischte Gloria. »Ich kann es nicht fassen, dass du mich so etwas fragst, Clarity.«

»Aber ich wollte sie doch nur kennen–«

»Sie haben mich furchtbar behandelt. Furchtbar! Das weißt du.«

»Ich weiß, dass ihr nicht immer gut ausgekommen seid, aber …«

»Sie wollten mir erzählen, ich wüsste nicht, wie ich mich um meine eigene Tochter zu kümmern hätte!«, jammerte Gloria. »Wie kommst du nur auf die Idee? Kennst du denn keine Loyalität?«

»So habe ich das nicht gemeint. Ich war nur neugierig, das ist alles.«

»Na, dann kannst du aufhören, neugierig zu sein. Und trag die trockenen Kleider nach oben.« Gloria stampfte die Stufen hinauf. Ein paar Sekunden später rutschte die Kiste, die mich eingesperrt hatte, zur Seite, und C.J. fischte einen Hundekeks für mich aus ihrer Tasche.

»Das war knapp, Molly!«, flüsterte sie. »Ach, Kleine … du bist so ein guter Hund. Fein, Molly.« Sie steckte mir noch ein Leckerli zu und hielt mich vor ihr Gesicht. Ich schleckte ihr salzige Tränen von den Wangen.

Und dann befahl sie mir – schon wieder! –, leise zu sein, und schob mich zurück in die Nische, was wirklich ungerecht war. Ich hörte, wie sie die Treppe nach oben lief. Aber sie kam gleich wieder mit einem Hundekeks zurück und ließ mich in den Garten, wo wir einige Zeit verbrachten. Anschließend brachte sie mich zum Schlafen zurück in den Keller.

Am nächsten Morgen musste ich noch ein bisschen Leise-Sein spielen, dann kam C.J. mit einem Rucksack auf dem Rücken, gab mir einen Hundekeks, streichelte und küsste mich und ließ mich in den Garten. Aber sie war nervös, das hörte ich an ihrer Stimme, und ich merkte es daran, wie sie mich streichelte. »Tut mir leid, Molly. Ich kann nicht schon wieder den Unterricht verpassen«, flüsterte sie. »Ich muss los. Aber ich komme in der Mittagspause heim und lasse dich raus, ja?« Sie steckte mich zurück in die Nische. »Sei brav. Leise sein.«

Eilig schob sie die Kiste in Position und flitzte in den Garten. Ohne mich.

Ich seufzte. Dann machte ich ein Nickerchen. Und kaute auf meinem Spielzeug herum, das ich schließlich in zwei Teile zerlegte. Wenn doch nur C.J. da wäre, um zu sehen, wie toll ich das gemacht hatte.

Dann schlief ich noch ein wenig. Sonst hatte ich ja nichts zu tun. Als ich aufwachte, hörte ich Gloria im Erdgeschoss herumlaufen.

Wusste Gloria, dass ich ein Leckerli bekam, wenn ich Leise-Sein spielte?

Als ich an der Kiste kratzte, bemerkte ich, dass C.J.

sie nicht ganz so nah herangeschoben hatte wie sonst. Ich kratzte fester, dann steckte ich die Nase in den Spalt zwischen Wand und Kiste. Ich schob. Die Kiste bewegte sich ganz langsam.

Ich schob und kratzte weiter. Solange ich nicht bellte, war das bestimmt in Ordnung. Zum Schieben hatte C.J. noch nie »Nein!« gesagt.

Der Spalt wurde größer und größer. Ein letztes Mal feste drücken, und ich bekam den Kopf hindurch. Ich zwängte den Körper hinterher und stand im Keller.

Ohne C.J. erschien mir der Keller ziemlich langweilig. Von oben kamen viel interessantere Gerüche. Dort gab es das Essen, und dort verbrachten auch die Menschen die meiste Zeit, so dass die Teppiche und Möbel nach ihnen rochen.

Ich nahm Kurs auf die Treppe.

Einfach war es nicht. Ich musste die Vorderpfoten auf die Stufe über mir legen und mich dann so lange abstoßen und zappeln, bis die Hinterbeine hinterherkamen. Aber ich gab nicht auf.

Ich konnte sehen, dass die Tür am Ende der Treppe offen stand. Jetzt fehlte nur noch eine Stufe. Ich legte die Vorderpfoten darauf, krallte mich fest, zog die Hinterbeine nach, und schon stand ich in der Küche.

Es klingelte an der Tür. Ich schleckte einen klebrigen, süßen Fleck vom Boden und lauschte, wie Gloria durchs Wohnzimmer zur Haustür lief.

»Ja?«, fragte sie.

Als ich den Boden gründlich gereinigt hatte, schüttelte ich mich und lief auf Glorias Stimme zu. Vielleicht hatte sie mein Leckerli nur vergessen. Mit Freude würde ich sie daran erinnern.

Sie stand in der Türöffnung. Ich trabte durchs Wohnzimmer, um sie zu begrüßen. Der Wind, der durch die offene Eingangstür wehte, war voller Gerüche: frisches Gras, Bäume, feuchte Erde und all die kleinen Tiere der Nacht, die nur im Dunkeln herauskamen, um durch den Garten zu streifen.

Direkt vor Gloria stand noch jemand. »Miss Mahoney?«, fragte die Frau. »Ich bin Officer Llewellyn. Ich komme von der Schulbehörde.«

Ich lief zu ihnen, um Gloria und der Besucherin hallo zu sagen. Die Frau auf der Veranda schaute mich über Glorias Schulter hinweg an und wandte sich dann wieder dem Gespräch zu.

»Schulbehörde? Was soll das heißen?«, fragte Gloria.

»Ich muss mit Ihnen sprechen«, erwiderte die Fremde. »Ihre Tochter hat in diesem Halbjahr zu häufig gefehlt.«

Gloria stand nur tatenlos da, obwohl ich direkt neben ihr stand und auf meinen Hundekeks wartete. Ich legte eine Pfote auf ihren Fuß.

Sie sah zu mir herunter und schrie.

6

Gloria machte einen Satz nach vorne auf die Veranda, und ich folgte ihr. Schwanzwedelnd schaute ich sie und die andere Frau an.

»Das ist kein Fuchs!«, quietschte Gloria.

Die neue Frau beugte sich zu mir herunter und streichelte mich. Ihre Hände waren warm und sanft, und sie rochen nach Seife und gesalzenen Nüssen. Fröhlich schleckte ich sie ab. »Ein Fuchs?«, fragte sie verwirrt. »Natürlich ist das kein Fuchs. Das ist ein Welpe.«

»Aber was macht der in meinem Haus?«, keuchte Gloria.

Die Frau richtete sich wieder auf. »Das kann ich Ihnen auch nicht sagen. Das ist Ihr Haus. Hier ist Ihre Vorladung.« Sie überreichte Gloria einige Papiere. »Sie müssen mit Ihrer Tochter vor Gericht erscheinen. Haben Sie verstanden?«

»Aber was ist mit dem Hund?«

Ich schaute zu Gloria hinauf und wedelte noch fester

mit dem Schwanz, weil sie »Hund« gesagt hatte. Vielleicht dachte sie endlich an mein Leckerli.

»Was soll mit ihm sein?«

»Nehmen Sie ihn mit!«, verlangte Gloria.

»Das kann ich nicht machen, Ma'am.«

»Sie wollen mir also erzählen, dass es Sie mehr interessiert, wenn ein Kind ein paarmal die Schule schwänzt, als wenn eine Frau von einem Hund auf der eigenen Veranda in Schach gehalten wird?«

»So …« Die Frau klang verdutzt. »So ist es.«

»Etwas Dümmeres habe ich ja noch nie gehört!«, rief Gloria aufgebracht. »Was für eine Polizistin wollen Sie denn sein?«

»Ich komme von der Schulbehörde, Miss Mahoney. Ich denke, wir sind hier fertig.« Die Frau drehte sich um und stieg die Stufen der Veranda hinunter.

»Und was mache ich jetzt mit dem Hund?«, schrie Gloria ihr hinterher.

»Rufen Sie beim Tierheim an, die kümmern sich darum.«

»Na schön, dann mache ich das«, murmelte Gloria. Sie machte einen Schritt zur Seite auf einen Besen zu, der an der Hauswand lehnte. Sie ließ die Papiere fallen und schnappte ihn sich. Mit den Borsten voran schlug sie nach mir. Ich machte einen Satz rückwärts, sprang dann aber gleich wieder vor, um in die Borsten zu beißen. Was für ein tolles Spiel!

»Nein!«, schrie Gloria mit echter Furcht in der Stimme.

Ich sah sie an und legte den Kopf schräg. Das Wort »Nein« kannte ich. Aber worauf bezog es sich? Gefiel ihr das Spiel nicht? Von mir aus konnten wir auch etwas anderes spielen.

Rasch trat Gloria ins Haus und warf die Tür zu. Ein paar Minuten stand ich noch da und starrte die Eingangstür an, aber sie öffnete sich nicht wieder. Also lief ich in den Vorgarten.

Auch heute schien die Sonne. Vielleicht kam ja der Hase heraus, um nach mir zu sehen. Ich lief die Einfahrt hinunter, trabte den Gehweg entlang und schnupperte an den Büschen. Natürlich wäre ich lieber mit C.J. unterwegs gewesen. Oder hätte mit Rocky gebalgt. Trotzdem war es schöner, als in der Nische Leise-Sein zu spielen.

Der Wind wehte mir den frischen, saftigen Geruch von Gras und Blättern und den süßen Duft von Blumen entgegen. Außerdem roch ich, wo andere Hund ihre Markierungen an Büschen und Laternenpfosten hinterlassen und wo Katzen sich an Baumstämmen und Zäunen gerieben hatten. Eichhörnchen waren vor mir über die

Wiese gehüpft, und auch die Fährte des Hasen konnte ich aufnehmen. Ich folgte der Spur bis zu einem Loch unter einer Veranda. Als ein Auto vorbeibretterte, hinterließ es seinen metallischen, öligen Geruch in der Luft. Meine Nase hatte jede Menge zu tun.

Es sah ganz so aus, als wollte der Hase nicht herauskommen, also lief ich, nicht ohne das Loch noch eingehend zu beschnüffeln, weiter. Ein Mülleimer an einer Ecke roch interessant. Da war Fressen drin! Es war schon eine Ewigkeit her, seit C.J. mich zuletzt gefüttert hatte.

Mein Geruchssinn sagte mir, dass da Brot und Fleischreste im Abfall lagen und noch mehr köstlich duftende Sachen. Ich stellte mich auf die Hinterbeine und streckte mich, so weit ich konnte, aber ich war zu klein. Als ich mich wieder zu Boden sinken ließ, knisterte etwas unter meinen Pfoten.

Da lag eine kleine, zerknitterte Tüte, die intensiv nach Salz roch. Ich steckte meine Schnauze tief hinein und schleckte gierig. Ganz unten in der Tüte waren einige dünne, knusprige Chips, die ich hinunterschlang. Noch beim Essen machte mich das Salz durstig, und es brannte mir auf der Zunge wie der Schinken, aber ich konnte nicht aufhören.

Anschließend schüttelte ich den Kopf, um die Tüte wieder loszuwerden. Sie flog davon. Auf der anderen Straßenseite entdeckte ich ein Eichhörnchen, das neben einem Baumstamm kauerte. Es sah aus, als könnte man es prima jagen. Da musste ich rüber!

Aber an der Bordsteinkante hielt ich inne. Bisher war ich zwar Stufen nach oben geklettert, aber nie hinunter. Runter schien einfacher zu sein. Ich streckte eine Pfote aus, zögerte kurz und lehnte mich dann nach vorne. Plötzlich konnte ich das Gleichgewicht nicht mehr halten, die Pfoten rutschten mir weg, der Kopf kam hinterher, und auch die Hinterbeine folgten eine Sekunde später.

Ich rollte herum, kam wieder auf die Beine und schüttelte mich. Ein Auto fuhr vorbei, und mir fiel auf, dass ich diesen riesigen, lauten, seltsam riechenden Bestien nun näher war als eben auf dem Gehweg.

Das Eichhörnchen auf der anderen Straßenseite kletterte den Baumstamm ein kleines Stück hinauf. Es entkam! Ich bellte und duckte mich, bereit zu starten.

Da fuhr eine große menschliche Hand unter meinen Bauch und hob mich hoch.

»Hey, du, Kleiner«, sagte eine tiefe Stimme. »Das ist, glaube ich, keine gute Idee.«

Ich drehte und wand mich, um einen Blick auf den Kerl zu werfen, der mich hochgenommen hatte.

Es war ein großer Mann mit einer rauen Stimme und einem Anflug von Bart im Gesicht. In einer Hand – also der Hand, die nicht mich umschloss – hielt er eine Stange, an deren Ende eine Schlinge aus einem glänzenden Seil befestigt war. Er lehnte sich gegen einen Lieferwagen, der neben dem Gehweg parkte, und kraulte mir mit der freien Hand die Ohren.

Seinen Geruch fand ich spannend; ich erschnupperte andere Hunde, Seife und frische Minze in seinem Mund. Aber im Augenblick wollte ich zu dem Eichhörnchen. Ich strampelte mit den Beinen, damit er merkte, dass ich runterwollte.

»Nur ruhig«, sagte er und öffnete die Hecktür des Lieferwagens. Darin war eine seltsam aussehende Kiste, die ganz aus Maschendraht gemacht war. Und aus dem Fahrzeug wehte mir ein Geruch entgegen, der mir gar nicht gefiel. Es roch nach Furcht, als wäre bereits mehr als ein Hund hier gewesen, der große, große Angst gehabt hatte.

Mit einer Hand öffnete der Mann geschickt eine Klappe an der Kiste. Sanft setzte er mich hinein.

Dann schloss er die Klappe so schnell wie C.J., wenn sie mich in der Nische einsperrte. Ich war gefangen! Fassungslos drehte ich mich im Kreis. Vor mir waren schon etliche Hunde hier gewesen. Das konnte ich riechen. Auch, dass die meisten unglücklich und ängstlich gewesen waren.

Wie sollte ich jetzt das Eichhörnchen jagen? Wann würde C.J. kommen und mich rauslassen?

»Hey!«, hörte ich eine Stimme rufen.

Der Mann wandte sich den herbeieilenden Schritten zu.

»Hey!« Der zweite Ruf war schon lauter. Und ich kannte die Stimme.

Das war C.J.!

Ich stellte mich im Käfig auf die Hinterbeine und bellte vor Freude. Irgendwie wusste ich, dass wir gerade nicht Leise-Sein spielten. Und mein Mädchen war hier! Mein Schwanz wirbelte durch die Luft.

»Was machen Sie da?«, keuchte C.J., die auf den Mann zurannte, der mich in den Käfig gesteckt hatte. Mit vor Schreck geweiteten Augen schaute sie ihn an. »Das ist mein Hund!«

»Nur langsam«, sagte der Mann. »Langsam.«

»Sie können doch nicht meinen Hund mitnehmen«, heulte C.J.

Ich begann, mir Sorgen zu machen. C.J.s Stimme war

schrill, und sie wirkte ängstlich wie ein Welpe, der seine Mutter nicht finden kann. Sie brauchte mich, das wusste ich sofort. Warum ließ sie mich nicht einfach raus?

»Bei uns ist eine Beschwerde eingegangen«, erklärte der Mann. »Und der Hund ist allein herumgelaufen.«

Ich bellte, um C.J. daran zu erinnern, dass ich hier war und wartete.

»Beschwerde? Molly ist doch nur ein Welpe«, rief C.J. »Wer beschwert sich denn über einen Welpen?«

Als ich meinen Namen hörte, bellte ich noch lauter.

Der Mann schüttelte den Kopf. »Sie hat kein Halsband. Keine Hundemarke. Nichts, woran man erkennen könnte, wohin sie gehört.«

»Sie gehört zu mir!«, sagte C.J. verzweifelt. »Können Sie das nicht sehen? Schauen Sie doch nur hin!«

Ich versuchte, den Draht durchzubeißen, aber davon taten mir nur die Zähne weh. Also hüpfte ich so hoch ich konnte, bellte und tat alles, was mir einfiel, damit mein Mädchen kam und mich herausließ.

»Hör mal, Kleine«, sagte der Mann. »Wenn sie dein Hund ist, kannst du sie ab morgen Mittag im Tierheim abholen.«

»Warten Sie! Warten Sie!« Jetzt liefen C.J. Tränen über die Wangen. Ich winselte, weil ich C.J. die Trauer aus dem Gesicht küssen wollte. Warum nur ließ sie mich nicht heraus, damit ich mich um sie kümmern konnte?

»Sie würde es nicht verstehen, wenn Sie sie jetzt mitnehmen. Sie wird glauben, dass sie mir egal ist. Bitte, bitte. Ich weiß nicht, wie sie entwischen konnte, aber das passiert nie wieder, versprochen. Ich verspreche es. Bitte?«

Der Mann holte tief Luft und ließ den Atem wieder langsam entweichen. »Also … Na gut. Okay. Aber besorg ihr ein Halsband und eine Hundemarke. Und bring sie zum Tierarzt. Sie muss geimpft und gechippt werden, und in ein paar Monaten solltest du sie kastrieren lassen. Außerdem musst du für sie Hundesteuer bezahlen. So will es das Gesetz.«

C.J. schnappte nach Luft und wischte sich die Tränen aus dem Gesicht. »Das mache ich. Wirklich. Bitte, bitte kann ich meinen Hund wiederhaben?«

Der Mann wandte sich um und öffnete die Klappe meiner Kiste.

Ich hüpfte in C.J.s Arme. Dieses Mal bekam ich keinen Hundekeks – vielleicht war ich nicht leise genug gewesen. Aber das kümmerte mich nicht weiter. Mir reichte es, bei C.J. zu sein, ihr die salzigen Tränen aus dem Gesicht zu schlecken und mit dem Schwanz gegen ihren Bauch zu klopfen.

»Danke«, flüsterte C.J. »Danke.«

»Schon gut«, antwortete der Mann. »Aber halt dein Versprechen.«

C.J. nickte heftig und drückte mich fest an sich. Der Mann stieg in den Lieferwagen und fuhr davon.

Mein Mädchen ließ mich immer noch nicht los. »Ach, Molly«, flüsterte sie. »Ach, Molly, ich glaube, wir gehen jetzt lieber nach Hause.«

Ich spürte, wie wild ihr das Herz in der Brust pochte, und auch auf dem Heimweg wollte es sich nicht beruhigen. Als sie die Verandatreppe erklomm, schlug es immer noch ganz laut. C.J. warf einen Blick auf die Papiere, die über den Holzboden verstreut lagen, hob eines auf und musterte es. So stand sie eine Weile da, mit mir in der einen, dem Papier in der anderen Hand. Dann schob sie die Tür auf und trat ein.

»Clarity? Bist du das?«

Gloria kam durch die Küchentür ins Wohnzimmer und erstarrte, als sie mich sah. C.J. und mich.

Ich wedelte mit dem Schwanz. Eigentlich wäre ich gern zu Gloria gelaufen, um sie zu begrüßen, aber C.J. hielt mich fest. Tatsächlich war das etwas unbequem, aber solange ich meinem Mädchen nahe war, konnte ich darüber hinwegsehen.

»Was ist das?«, keifte Gloria.

»Das ist Molly. Sie ist mein Hund.«

Inzwischen klopfte nicht nur C.J.s Herz wie verrückt. Sie zitterte am ganzen Körper. Ich schob meinen Kopf unter ihr Kinn, um ihr so nah wie möglich zu sein und damit sie wusste, dass ich immer da sein würde, um auf sie aufzupassen.

»Nein. Ist sie nicht«, sagte Gloria. »Raus! Schaff sie hier raus!«

»Nein!« C.J. reckte das Kinn herausfordernd in die Luft.

»Du wirst in meinem Haus keinen Hund halten!«

»Ich gebe sie nicht her!«

»Du bist gerade nicht in der Position, Forderungen zu stellen. Weißt du denn nicht, in welchen Schwierigkeiten du steckst? Eine Beamtin von der Schulbehörde war hier! Du hast zu viel Unterricht versäumt, und sie wollten dich verhaften!«

C.J. setzte mich ab. Ich ließ mich auf ihren Füßen nieder. »Hast du dir auch nur die Mühe gemacht, das hier zu lesen?«, fragte C.J. Sie wedelte mit dem Papier vor Gloria herum. »Da steht nichts von verhaften. Nur, dass du mit mir vor Gericht erscheinen musst.«

»Na schön!« Gloria richtete sich zu ihrer vollen Größe

auf und blickte auf C.J. hinab. »Und ich werde ihnen sagen, dass du völlig außer Kontrolle bist.«

»Und ich erzähle ihnen, warum!«

Ich bemerkte, dass C.J. inzwischen eher wütend als ängstlich war. Das erkannte ich an ihrer Stimme und an ihren Händen, die sie an ihren Seiten zu Fäusten geballt hatte.

»Was meinst du mit *warum*?«

»Warum ich die Schule überhaupt von dir unbemerkt schwänzen konnte! Andauernd gehst du auf Reisen und lässt mich hier allein. Ohne einen Erwachsenen. Was, glaubst du, wird der Richter davon halten?«

»Das glaube ich nicht. Du *wolltest* doch allein sein. Du mochtest den Babysitter nicht, den ich dir besorgt hatte!«

»Das wird den Richter nicht interessieren«, erklärte C.J. mit fester Stimme. Mittlerweile war es Gloria, die Angst bekam. Nervös schaute ich mich nach der Gefahrenquelle um, aber das Wohnzimmer schien unverändert – Sofa, Kamin, Couchtisch, Bücherregale. Alles wie immer.

»Es sei denn«, sagte C.J. leise. »Es sei denn, ich darf Molly behalten.«

Ich erkannte meinen Namen und blickte C.J. ins Gesicht.

»Was zum Teufel?«, rief Gloria.

»Wenn ich Molly behalten darf, erfährt niemand von deinen kleinen Ausflügen«, fuhr C.J. fort. »Nicht der Richter. Nicht der Direktor. Niemand. Ich sage, dass ich dir weisgemacht hätte, ich würde zur Schule gehen, dann aber geschwänzt habe. Ich sage, dass es nicht deine Schuld war.«

»Das war es ja auch nicht!«, entrüstete sich Gloria.

»Und Molly beschützt mich«, sprach C.J. weiter. »Wenn du wegfährst. Mal wieder. Solange Molly da ist, macht mir das nichts aus. Niemand wird es je erfahren, egal wie lange du wegbleibst.«

»Ein Hund? In meinem Haus? Ich kann es nicht fassen, Clarity. Du weißt, was ich von Hunden halte.«

»Und du weißt, wie wichtig Molly mir ist. Also, was soll ich tun?«

Gloria hob die Hände. »Na schön! Aber ich rühre für dieses Ding keinen Finger.«

Sie drehte sich um und marschierte in die Küche.

C.J. entfuhr ein tiefer, zitternder Seufzer. Sie setzte sich und zog mich auf ihren Schoß. Fröhlich schleckte ich ihr das Kinn ab und ließ mich von Kopf bis Fuß streicheln.

»Ach, Molly«, flüsterte C.J. »Ich schätze, wir haben gewonnen.«

An diesem Abend kuschelte ich mich wieder neben C.J. ins Bett. Natürlich war ich so aufgeregt, dass ich nicht einschlafen konnte, aber C.J. legte mir eine Hand auf den Rücken und kraulte mich sanft, bis ich müde wurde. Ich drückte mich an sie und spürte, wie meine Liebe in sie und ihre in mich strömte.

Ich wachte auf, als ich Schritte im Flur hörte. Glorias Schritte.

Die Tür zu C.J.s Zimmer stand einen Spaltbreit offen. Gloria schob sie weiter auf. Sie blieb im Türrahmen stehen und musterte mich.

Ich wedelte mit dem Schwanz. Ganz leicht. Ich wollte mein Mädchen nicht wecken.

Gloria war nicht gerade erfreut, uns beide zu sehen. Sie stand einfach im dunklen Flur und starrte mich an.

7

Von diesem Tag an spielten C. J. und ich nicht mehr Leise-Sein in der Nische unter der Treppe. Darüber war ich sehr froh.

Aber mehrmals die Woche ging C. J. fort und blieb länger weg, als ich es für nötig hielt. Morgens, nachdem sie uns beiden Frühstück gemacht hatte, schnallte sie sich ihren Rucksack auf den Rücken und ging in die Hocke, um mich zu streicheln und mir einen Kuss auf den Kopf zu drücken. »Ich geh jetzt in die Schule«, sagte sie dann. Nach einer Weile musste ich winseln, sobald ich das Wort »Schule« hörte. Es bedeutete, dass mein Mädchen mich verließ, so viel war mir klar.

Normalerweise blieb ich in C. J.s Zimmer, wenn sie fort war, denn dort war ihr Geruch am stärksten. Aber Gloria ließ mich in den Garten, wann immer ich musste. Und nachmittags kam C. J. heim, nahm mich schwungvoll in die Arme, schmuste mit mir, und dann gingen wir in den Park oder tollten lange im Garten herum.

An manchen Tagen ging sie nicht zur Schule, so dass wir uns nicht trennen mussten. Hin und wieder blieben wir zu Hause, aber meistens besuchten wir Freunde. Am liebsten mochte ich es, wenn wir Trent und Rocky trafen. C.J. ging es wohl genauso, denn dort waren wir am häufigsten.

Ich war froh, dass ich so oft mit meinem Bruder spielen durfte. Rocky und ich fetzten entweder durch Trents Garten oder durch sein Zimmer, und wir balgten uns, bis wir vor Erschöpfung zusammenbrachen. Dann legte ich mich oben auf ihn drauf und nahm eines seiner Beine ins Maul, um ihm meine tiefe Zuneigung zu zeigen.

Mir entging nicht, dass C.J. glücklicher war, wenn wir Trent und Rocky besuchten, als zu Hause bei Gloria. Sie lächelte öfter, lachte, und ihr ganzer Körper wirkte entspannter, wenn sie in Trents Zimmer auf dem Boden hockte. Das machte auch mich so froh, dass ich Rocky manchmal stehenließ, mich auf C.J.s Schoß warf und ihr meinen Bauch zum Kraulen hinhielt.

»Was meinst du, ob sie wohl ein Schnauzer-Pudel-Mischling ist?«, fragte C.J. Trent eines Tages, während sie mich streichelte. »Ein Schnudel?«

»Glaub ich nicht«, antwortete Trent. Auch er saß auf

dem Boden und rang mit Rocky um eine Socke. »Eher ein Dobermann-Pudel-Mix.«

»Ein Dudel?«

Dieses Wort gefiel mir. Ich wedelte fester mit dem Schwanz.

»Vielleicht auch ein Spanielmix«, meinte Trent.

»Molly, du könntest ein Schnudel, ein Spudel oder ein Dudel sein, aber ein Pudel bist du nicht«, sagte C.J., hob mich hoch und gab mir einen Kuss auf die Nase. Ich wedelte noch mehr.

»Hey, schau dir das mal an«, sagte Trent. »Rocky!« Mein Bruder blieb wie angewurzelt stehen und blickte seinen Jungen aufmerksam an. »Sitz! Sitz!«, sagte Trent. Rocky senkte das Hinterteil auf den Boden, die Augen weiterhin auf Trent gerichtet.

Verblüfft schaute ich meinen Bruder an. Ich wollte doch gerade Ich-bin-schneller-als-du spielen!

»Fein gemacht!«, rief Trent, und Rocky sprang auf. Vermutlich war das Spiel damit eröffnet, und ich jagte ihn unters Bett.

»Ich bringe Molly keine Tricks bei«, erklärte C.J. »Ich bekomme schon genug Befehle für uns beide.«

»Machst du Witze?«, hörte ich Trent sagen, als ich den Kopf unter das Bett steckte und Rockys staubigen

Schwanz zu fassen bekam. »Hunde wollen arbeiten. Ich habe mir dieses Buch gekauft, da steht das drin. Schau doch. Es gefällt ihm. Rocky!«

Rocky kroch unter dem Bett hervor, zog mir den Schwanz aus dem Maul und schenkte Trent erneut seine ganze Aufmerksamkeit.

»Sitz!«, sagte Trent wieder. Rocky setzte sich. Aber was mein Bruder konnte, das konnte ich schon lange. Auch ich ließ mein Hinterteil auf den Boden plumpsen und wartete auf mein Lob.

»Siehst du das? Molly hat den Trick gelernt, nur indem sie Rocky zugeschaut hat! Bist du ein feiner Hund, Molly!«, freute sich Trent. »Du auch, Rocky. Gut gemacht!«

Rocky und ich beantworteten das Lob mit Schwanzwedeln. Dann drehte Rocky sich auf den Rücken, damit ihm der Bauch gekrault werden konnte. Ich nutzte die Gelegenheit und packte ihn spaßeshalber an der Kehle.

»Also …«, sagte Trent.

Rocky erstarrte und wand sich aus meinem Griff. Auch ich spürte es – Trent hatte Angst. Alarmiert schaute ich mich um. Rocky schob seine Schnauze unter Trents Hand, während ich mich um C. J. kümmerte.

Sie saß auf dem Boden und lehnte an Trents Bett. Was

auch immer Trent solche Furcht einflößte, machte ihr nicht zu schaffen.

»Demnächst ist doch dieser Schulball. Weißt du das?«

»Ich hab die Aushänge gesehen«, erwiderte C.J. Sie wirkte gelangweilt.

»Vielleicht ... ich weiß ja nicht ... willst du da hingehen?«

»Nee. Wer würde mich schon fragen?«, lachte C.J.

Trent wurde rot. Zum Trost drängelte sich Rocky nun mit dem ganzen Körper an Trents Bein.

»Na ja, ich gerade eben«, murmelte Trent.

»Was? Nein, im Ernst? Man geht nicht mit Freunden auf den Ball«, meinte C.J. lachend. »Dafür ist er nicht gedacht.«

Trent hob meinen Bruder hoch und hielt ihn sich vors Gesicht.

»Ja, aber ...«, nuschelte er in Rockys Fell.

»Aber was? Man geht mit seiner festen Freundin tanzen, das macht man. Du musst ein hübsches Mädchen fragen. Was ist mit Susan? Ich weiß, dass sie dich mag.«

»Nein, ich ...« Trent setzte Rocky in seinen Schoß. »Hübsch? C.J., komm schon. Du weißt, dass du hübsch bist.«

»Du Trottel.« C.J. lachte wieder. »Okay, zeig mir, welche Tricks Rocky sonst noch kann.«

Trent blickte stirnrunzelnd auf den Boden. »Sonst habe ich ihm noch nichts beigebracht.«

C.J. musterte ihn verdutzt. »Was ist los?«

»Nichts. Und was ist bei der Sache mit dem Schuleschwänzen rausgekommen?«, fragte er C.J.

Zwar hatte Trent jetzt keine Angst mehr, aber glücklich wirkte er nicht gerade. Doch ich wusste, dass es ihm bald bessergehen würde, immerhin war Rocky bei ihm. Ich legte mich neben C.J., rollte mich auf den Rücken und hielt ihr meinen Bauch hin. Sie kraulte ihn. Ich räkelte mich vor Freude.

»Ach, das war vielleicht nervig«, antwortete sie. »Ich muss nachsitzen, aber nicht wie sonst. Da ist so ein komischer Malkurs.«

»Ernsthaft? Du schwänzt den Unterricht und bekommst dafür einen Malkurs?«

»Ja, merkwürdig, oder? Ab nächster Woche muss ich nach der Schule dahin. Aber ich darf keinen Tag verpassen. Nicht einen! Wenn doch, gibt es keinen Malkurs mehr, und sie nehmen mich auch aus dem normalen Unterricht. Dann setzen sie mich in einen Raum mit Computer, und ich muss ganz allein lernen.«

»Ich will ja nicht darauf herumreiten, aber ich hab's dir …«

»Dann lass es!«, C. J. sprang auf. »Gehen wir mit den Hunden spazieren.«

Spazieren! Das Wort kannte ich! Ein tolles Wort! Rocky und ich flitzten beide begeistert durch Trents Zimmer.

Ein paar Tage später machten C. J. und ich wieder einen Spaziergang, direkt nachdem sie aus der Schule gekommen war. Ich freute mich, aber aus irgendeinem Grund hatte C. J. es eilig. Sonst ließ mein Mädchen mich schnüffeln, solange ich wollte, es sei denn, mir wehte der köstliche Duft von etwas Totem entgegen. Da zog sie mich immer weg. Warum sie das tat, war mir schleierhaft.

Aber an diesem Tag schritt sie entschlossen voran, und ich erhaschte nur Andeutungen von anderen Hunden, Eichhörnchen und leckerem Abfall von den Rasenflächen am Wegesrand.

»Los, Molly. Wir dürfen nicht zu spät kommen!«, drängte C. J.

Warum wir uns so abhetzten, wusste ich nicht, aber immerhin war ich dabei. »Da ist das Kunsthaus«, sagte sie und rannte los. Ich blieb ihr auf den Fersen.

Als C.J. die Tür aufschob, wehten mir seltsame Gerüche entgegen. Manche waren scharf und brannten mir in den Augen. Ein anderer roch kreidig und staubig. Einen Duft fand ich köstlich, fast wie etwas zu essen – aber nicht ganz. Und wieder ein anderer erinnerte mich an Erde nach einem Regenschauer.

Ich stand still, nur meine Nase zitterte, während ich versuchte, all die neuen Gerüche einzuordnen. Derweil trat eine hochgewachsene Frau zu uns, um uns zu begrüßen.

»Ähm, es ist okay, dass ich den Hund dabeihabe, oder?«, fragte C.J. Sie war nervös. Ich schmiegte mich an ihr Bein. »Ich habe angerufen und gefragt. Ich habe mit einer Sekretärin gesprochen, die gesagt hat, das ginge in Ordnung, solange sie sich benimmt. Sie ist wirklich brav.«

»Da bin ich mir sicher«, erwiderte die Frau. »Hi, C.J. Ich bin Sheryl. Willkommen. Setz dich doch. In einer Minute fangen wir an.«

C.J. setzte sich an einen Tisch, zog die Jacke aus und warf sie über den Stuhl neben sich. Eine Weile blieb ich an ihrer Seite, dann machte ich mich auf zu einer Erkundungstour.

Es gab ein Waschbecken und eine zweite Tür, die in

einen Flur führte (wie ich durch Schnuppern am Spalt zwischen Tür und Boden herausfand). An einem Pult saß Sheryl und zog suchend Schubladen auf. Außerdem standen da jede Menge Tische. Und an jedem hockte ein Kind. »Oh, so ein süßer Hund!«, sagte eines, und schon streckten sich mir massenhaft Hände entgegen, um mich zu streicheln. Ich schleckte viele Finger ab und auch alle Gesichter, an die ich herankam.

Dieses Kunsthaus könnte C.J. und mir ganz gut gefallen.

Von da an besuchten wir das Kunsthaus dreimal die Woche. C.J. saß entweder an ihrem Tisch und zeichnete oder stand vor einer Staffelei und schmierte Farbe auf eine Leinwand. Ich mochte den Geruch der Farben, nicht aber den des Terpentins, mit dem sie sich anschließend die Hände säuberte. Dann durfte sie mich nicht streicheln, bis der Geruch einigermaßen verflogen war.

Das störte mich aber nicht besonders, weil es genug andere Kinder gab, die mir den Rücken massierten und mir die Ohren kraulten. »Hallo, Molly!«, riefen sie. »C.J., ich habe Molly ein Leckerli gekauft. Darf ich es ihr geben?« »Hey, Molly, komm her!« Ich liebte es, wenn so viele verschiedene Stimmen meinen Namen riefen. Also wanderte ich von einem Tisch zum anderen und holte mir all die Zuwendung, die ich bekommen konnte, während C.J. mit ihren Farben und Stiften hantierte.

Nur ein Junge streichelte mich nie, obwohl er sich den Tisch mit C.J. teilte. Aber er schaute C.J. oft an. Das fiel mir auf, weil auch ich sie immer wieder anguckte. Dennoch unterschieden sich seine Blicke von meinen. Ich schaute sie an, weil sie mein Mädchen war und ich auf alles achten musste, was sie tat. Aber in seinen Augen erkannte ich Wut, auch wenn C.J. ganz still dasaß und malte.

Sheryl rief oft seinen Namen. »Shane, fang bitte auch an«, sagte sie zum Beispiel. »Shane, zeig mal, wie du vorankommst. Shane, konzentriere dich auf deine Arbeit.«

Dass Shane mich nicht streichelte, machte mir nichts aus; sein Geruch gefiel mir ohnehin nicht. Manchmal rochen seine Hände und sein Atem nach säuerlichem Rauch. Aber auch sonst hing an ihm der Duft von Wut, Frust und, halb verborgen, Angst. Hunde, die Angst haben, sind in der Regel auch diejenigen, die grundlos nach dir schnappen, sogar wenn du nur ein lustiges Spiel anfangen willst, wie Das-ist-mein-Ball-und-du-kriegst-ihn-nicht. Ich hielt mich, soweit möglich, von Shane fern.

Eines Tages, wir hatten das Kunsthaus gerade erst betreten, rief Sheryl C.J. nach vorne. Natürlich kam ich mit. »Hier drauf«, sagte Sheryl mit einem Lächeln.

C.J. hob mich hoch und setzte mich auf Sheryls Pult. Dort lagen ein helles Kissen und eine weiche dunkle Decke. C.J. schob mich auf die Decke.

»Perfekt«, meinte Sheryl und streichelte mich. Ich schleckte ihr die Hand ab. Ihre Finger schmeckten nach Ton. »Seht nur, wie das Licht ihr Fell zum Strahlen bringt. Glaubst du, sie bleibt ruhig liegen?«

»Ich denke, schon«, sagte C.J. »Solange ich in der Nähe bin.«

»Gut, dann setz dich hier an das Pult. Sind alle so weit? Ich kann es kaum erwarten, eure Molly-Bilder zu sehen!«

C.J. nahm auf einem Stuhl neben mir Platz. »Schön dableiben, Molly«, sagte sie zu mir.

Als ich meinen Namen hörte, wedelte ich mit dem Schwanz. Dann spähte ich über den Rand des Tisches. Da ging es ganz schön tief runter, und obwohl ich gerne im Zimmer herumgelaufen wäre, um mich von all meinen neuen Freunden streicheln zu lassen, war mir nicht nach Springen zumute.

Außerdem war das Kissen schön weich, die Decke kuschelig, und C.J. saß direkt neben mir. Zufrieden rollte

ich mich zusammen und bettete meine Schnauze auf meinen Schwanz.

»Perfekt«, hörte ich leise Sheryls Stimme hinter mir. »Also, Leute, malt!«

Im Zimmer wurde es sehr leise. Nur das Geräusch von Pinseln, die über Papier streichen, war zu hören. Das wirkte sehr beruhigend. Ich fiel in einen Dämmerzustand zwischen Schlafen und Wachen. Sollte C.J. etwas sagen, würde ich sofort hochschrecken, aber bis dahin schlummerte ich vor mich hin.

»Du hast einen Hund zugelassen?«, hörte ich einen Mann sagen.

Mein Ohr zuckte, aber aufsetzen musste ich mich wohl nicht. Die Stimme kam aus einiger Entfernung, von der Tür, die den Zeichensaal mit dem Flur verband.

Sheryls Stimme vernahm ich aus der gleichen Ecke. »Das ist Molly. Sie kommt jede Woche.«

»Ist das eine gute Idee?«

»Keiner hat eine Allergie. Das habe ich überprüft. Und alle lieben sie.« Sheryl lachte leise. »Ehrlich gesagt, dieses Halbjahr hat noch niemand gefehlt, und ich glaube, das liegt an Molly.«

Auch der Mann ließ ein gedämpftes Lachen vernehmen. »Vielleicht sollten wir uns auch für den normalen

Unterricht Hunde holen. Sonst läuft alles gut? Irgendwelche Probleme?«

»Soweit keine.«

»Was ist mit …« Der Mann verstummte.

Auch Sheryl senkte die Stimme, aber ich konnte sie immer noch hören. »Shane? Ich weiß nicht. Er verpasst keine Stunde und erledigt die Arbeiten – na ja, letzten Endes. Aber ganz offensichtlich ist er nur hier, weil er muss.«

»Das trifft doch auf die meisten hier zu, oder nicht?«

»Die ersten Male vielleicht. Aber mit der Zeit merken sie, dass es Spaß macht. Shane hingegen … Ich dringe nicht zu ihm durch. Nicht so, wie ich es gerne hätte.«

»Probleme gibt es aber keine mit ihm?«

»Nichts, womit ich nicht fertig werde«, erwiderte Sheryl.

Ich hörte die Schritte des Mannes den Flur hinunterhallen. Sheryl ging von Tisch zu Tisch. Sicherheitshalber öffnete ich ein Auge, um nach C.J. zu sehen: Über ihr Papier gebeugt, saß sie da und runzelte konzentriert die Stirn. Dann schloss ich wieder beide Augen und schlief, glücklich darüber, bei meinem Mädchen zu sein, letztendlich ein.

8

Es war ein Jammer, dass ich nicht jeden Tag von früh bis spät mit meinem Mädchen verbringen konnte. Immer wenn sie zur Schule ging, saß ich zu Hause mit Gloria fest.

Ich zeigte Gloria, dass ich durchaus gewillt war, freundlich zu ihr zu sein, auch wenn ich zu C.J. gehörte. Aber ihr war das wohl egal. Wenn ich zu ihr kam und um eine Streicheleinheit bat, schubste sie mich weg. Wenn ich vor der Terrassentür stand, weil ich rausmusste, seufzte sie ungeduldig, bevor sie mir aufmachte, und oft genug vergaß sie, mich wieder hereinzulassen. Um ihr dann auf die Sprünge zu helfen, musste ich ziemlich laut bellen.

Irgendwie hatte ich das Gefühl, dass ich Gloria nichts recht machen konnte.

Deshalb war ich so überrascht, dass Gloria mich eines Tages, während C.J. in der Schule war, tatsächlich ansprach, als ich in die Küche kam.

»Da bist du«, sagte sie.

Wirklich freundlich war ihr Tonfall nicht. Ich hielt den Schwanz gesenkt, denn ich akzeptierte, dass sie der Boss war. Um sie milde zu stimmen, wedelte ich auch vorsichtig. Sie stand vor der geöffneten Kühlschranktür und hielt etwas in der Hand.

Ich kam näher. Vielleicht war das ja etwas zu essen.

»Igitt«, sagte Gloria. Dieses Wort hörte ich häufiger von ihr, aber ich kam nie ganz dahinter, was es heißen sollte. »Sieh dir nur diesen Käse an. Hab ich den nicht eben erst gekauft?«

Sie schaute zwischen mir und dem Ding, das sie in der Hand hielt, hin und her, dann schloss sie die Kühlschranktür. So ein Pech. Da waren Sachen drin, an denen ich gerne noch länger geschnuppert hätte.

»Na, willst du ein Leckerli?«, fragte sie.

Mein Schwanz und mein Kopf schnellten in die Höhe. Leckerli? *Das* Wort kannte ich!

»Einem Hund wird ein bisschen Schimmel schon nichts ausmachen«, sagte Gloria. Sie zog eine dünne Plastikfolie von dem Ding in ihrer Hand, und ein verführerischer, kräftiger Duft kitzelte mir die Nase. Käse! Mir lief das Wasser im Maul zusammen.

Sie brach ein Stück ab, spießte es auf eine lange Gabel und hielt es mir hin.

Hoffnungsvoll schnupperte ich daran. Die Gabel blieb, wo sie war. Zaghaft knabberte ich am Käse, dann hielt ich inne. Wurde sie jetzt wütend und nannte mich einen bösen Hund?

»Los jetzt, nimm es«, meinte Gloria ungeduldig.

Ich zog den Käse von der Gabel und ließ ihn auf den Boden plumpsen. Zwei Happen später war er aufgegessen. Offenbar hatte Gloria beschlossen, dass ich doch ein guter Hund war!

»Hier«, sagte Gloria. Mit einem *Klong* landete der restliche Käse in meinem Napf. Super! So große Leckerlis bekam ich nie von C. J.!

»Mach dich nützlich«, sagte Gloria. »Warum nur gebe ich so viel Geld für Hundefutter aus, wo du doch einfach verdorbene Lebensmittel fressen kannst?«

Ich hob den schweren Käsebrocken aus dem Napf und ließ ihn wieder fallen. Ehrlich gesagt, wusste ich nicht, wie ich etwas in dieser Größenordnung herunterbekommen sollte. Aber als Gloria mich allein ließ, legte ich mich hin und widmete mich der ernsten Angelegenheit, Bissen für Bissen von dem Brocken abzunagen.

Als ich alles verputzt hatte, sabberte ich ein wenig, und ich war wirklich, wirklich durstig. Ich schlabberte fast mein ganzes Wasser leer.

Ein paar Minuten später kam Gloria wieder in die Küche. »Fertig?«, fragte sie. »Okay, dann raus!« Sie zog die Terrassentür auf und blieb daneben stehen. Ich verstand den Wink und eilte nach draußen. Im Garten fühlte ich mich ohnehin wohler. Aus Glorias Tonfall und Körperhaltung las ich noch immer, dass sie mich für einen bösen Hund hielt, der Käse aber sprach eine andere Sprache. Sehr verwirrend. Ich war froh, dass ich mich eine Weile in die Wiese legen und an etwas anderes denken konnte.

Am Bauch spürte ich die kühle Erde, die Sonne schien mir warm auf den Rücken. Ich hatte immer noch Durst, aber aufzustehen und an der Tür zu bellen, damit Gloria mich zu meinem Wassernapf ließ, erschien mir im Augenblick zu mühselig. Gerade reichte es, einfach hier zu liegen und einzuschlafen.

Als ich aufwachte, wusste ich, dass etwas nicht stimmte.

Ich hatte Durst wie noch nie, und das, obwohl Speichel mein Maul flutete. Er rann mir aus den Lefzen und tropfte auf die Wiese. Ich schüttelte den Kopf, und mir wurde ganz schwindlig, dann stand ich auf, aber meine Beine zitterten so stark, dass an Laufen nicht zu denken war. Um nicht das Gleichgewicht zu verlieren, stellte ich die Beine weit auseinander und wartete auf mein Mädchen.

Ich weiß nicht, wie lange es dauerte, aber mein Mädchen kam. Erst hörte ich ihre Schritte durchs Haus poltern, dann flog die Tür auf.

»Molly! Komm! Komm rein!«, rief C.J. Ich wollte bei ihr sein. Es war meine Aufgabe, bei ihr zu sein. Mit gesenktem Kopf machte ich einen wackligen Schritt.

»Molly?« C.J. trat in den Garten. »Molly? Alles in Ordnung? *Molly?*«

Das letzte Wort entfuhr ihr als Schrei.

Ich wollte ja zu ihr laufen. Sie machte sich Sorgen und hatte Angst, das wusste ich. In solchen Augenblicken sollte ich in ihrer Nähe sein, aber ich konnte mich nicht von der Stelle rühren.

Als sie zu mir rannte, mich hochnahm und mit mir sprach, hörte ich sie zwar, aber nur gedämpft, so als hätte ich den Kopf unter die Bettdecke gesteckt. Die Welt wurde trübe und leise.

»Mom! Mit Molly stimmt was nicht!«, schrie C.J.

»Das wird schon wieder«, drang Glorias Stimme aus dem Haus.

»Nein! Mom! Komm! Sie muss sofort zum Tierarzt!«

Ich würgte. C.J. setzte mich auf den Boden. Mir drehte sich der Magen um, und Erbrochenes ergoss sich auf die Wiese.

»Was hast du nur gefressen? Was hast du gefressen? Oh, Molly!«, rief C.J. »Mom, los jetzt. Du musst fahren. Beeil dich!«

»Schrei hier nicht so rum! Du schreckst noch die ganze Nachbarschaft auf!« Gloria erschien an der Terrassentür, als C.J. mich wieder in die Arme nahm. »In Ordnung. Aber wenn sie mir ins Auto kotzt …«

»Los!«, schrie C.J. und rannte mit mir zur Straße.

Mein Mädchen setzte sich auf die Rückbank des Autos und nahm mich auf den Schoß. »Wir fahren zum Tierarzt«, erklärte sie mir, als sich das Auto in Bewegung setzte. »Okay? Molly? Alles klar? Molly, bitte!«

Ich wusste, dass mein Mädchen etwas von mir wollte. Ich schaffte es, ihr die Hand abzuschlecken, während sie mein Gesicht streichelte. Aber es wurde dunkel im Auto, dunkler und dunkler. Ich spürte, wie mir die Zunge aus dem Maul rutschte.

»Molly!«, rief C.J. »Molly!«

Langsam öffnete ich die Augen, blinzelte und blinzelte noch mal. Sehen konnte ich nur hellen Nebel. Ich fühlte mich schläfrig, mein Kopf war so schwer, dass ich ihn nicht heben konnte, meine Beine kraftlos. Konnte es sein, dass ich wieder ein Welpe war?

In der Hoffnung, meine Mutter zu finden, winselte ich und wand mich ein bisschen. Aber ich roch sie nirgendwo. Ich konnte überhaupt keinen Geruch feststellen. Ich ächzte, als ich bemerkte, wie der Schlaf mich wieder umfangen wollte.

»Molly?« Das rüttelte mich wach. C.J.s Stimme! Mein Mädchen war hier! Ich blinzelte wieder und wieder, bis der Nebel sich verzog. Ich erkannte C.J. direkt neben mir. Sie legte ihr Gesicht neben meines.

»Ach, Molly, ich hab mir solche Sorgen gemacht.« Sie strich mir durchs Fell und gab mir einen Kuss auf den Kopf. Als ich wedelte, klopfte mein Schwanz gegen eine metallische Fläche. Ein Tisch. Ich war in der Tierarztpraxis. Den Kopf heben konnte ich immer noch nicht, aber ich schaffte es, mich zu strecken, um C.J.s Hand abzuschlecken. Gott sei Dank, war ich noch am Leben und konnte mich um mein Mädchen kümmern.

Die Tierärztin hatten wir schon früher besucht, und daher wusste ich, dass sie Dr. Marty hieß. Ihren Geruch mochte ich nicht besonders, aber sie hatte freundliche, sanfte Hände. Jetzt stand sie hinter C.J. und sprach mit ihr. »Ihr letzter Anfall war sehr kurz und ist schon über drei Stunden her. Ich glaube, sie ist über den Berg.«

»Aber was hat sie so krank gemacht?«, fragte C.J. mit tränenerstickter Stimme.

»Das weiß ich nicht«, meinte Dr. Marty. »Anscheinend hat sie etwas erwischt, das ihr nicht bekommen ist.«

»Ach, Molly«, sagte C.J. »Du darfst keine verdorbenen Sachen fressen, ja?«

Als sie mich erneut küsste, schleckte ich ihr Gesicht ab.

Kurze Zeit später ging es mir schon besser, ich schaffte es den Kopf zu heben und dann aufzustehen. Eifrig trank ich etwas Wasser, und C.J. brachte mich zum Auto.

Gloria saß vorne und fuhr. Sie war wütend. Das bemerkte ich an der Anspannung in ihren Muskeln, an der Art, wie sie ihren Kopf hielt. Ich kauerte mich auf C.J.s Schoß zusammen. Ich konnte mir nicht vorstellen, dass ich in meinem schwächlichen Zustand etwas falsch gemacht hatte. Aber Gloria gab mir das Gefühl, ein böser Hund zu sein.

Zu Hause angekommen, trug C.J. mich hinein und bettete mich auf die weichen Polster der Couch.

»Nicht aufs Sofa!«, nörgelte Gloria.

C.J. warf ihr einen ärgerlichen Blick zu, hob mich aber vorsichtig von der Couch auf den Boden und setzte sich neben mich.

Gloria blieb stehen und schaute auf uns herab. »Sechshundert Dollar!«, rief sie.

»Molly wäre beinahe gestorben!«, erwiderte C.J. Ihr Tonfall war so wütend wie der Glorias.

Als wäre sie völlig verzweifelt, riss Gloria die Hände in die Höhe und marschierte durch den Flur in ihr Zimmer. Die Tür fiel mit einem Knall zu.

C.J. nahm mich in die Arme und brachte mich ins Bett, wo sie mit mir kuschelte, bis ich eingeschlafen war.

Ein paar Tage brauchte ich, bis es mir wieder gutging. Als es so weit war, hatte C.J. einen freien Tag. Gloria war ausgegangen, und so durften wir beide auf der Couch sitzen. C.J. schaute auf den Bildschirm an der Wand, der, wie ich gelernt hatte, *Fernseher* hieß, und ich überlegte, warum Menschen da so gern hineinguckten. Er roch noch nicht einmal interessant!

Da klingelte es an der Tür. C.J. sprang auf, und ich eilte ihr hinterher. Es war eine meiner Aufgaben, die Leute, die an der Tür läuteten, zu inspizieren. Sie machte auf und sagte überrascht: »Oh, Shane.«

»Hey«, hörte ich Shanes Stimme.

»Hey«, wiederholte C.J. »Was gibt's?«

»Nichts«, antwortete Shane. »Willst du abhängen?«

»Ähm. Hier?«

»Ja. Warum nicht?«

C.J. zögerte kurz, aber machte die Tür schließlich ganz auf. Shanes Geruch gefiel mir immer noch nicht. Ich bellte einmal, um klarzustellen, dass dieses Haus mir gehörte und ich alles hier drinnen beschützen würde. Dann wedelte ich mit dem Schwanz.

»Ja, klar, warum nicht«, sagte C.J. »Wir sehen nur fern, Molly und ich. Kommst du rein?«

Shane trat ein, und er und C.J. setzten sich auf die Couch, um zusammen in den Fernseher zu starren. Sorgfältig beschnupperte ich Shanes Jeans und Schuhe, da legte er mir die Hand auf den Kopf und schubste mich weg.

»Sie will dich nur kennenlernen«, meinte C.J.

»Ja, kann sein«, murmelte Shane.

C.J. hob mich hoch und setzte mich zwischen Shane und sich auf die Couch. »Willst du das auch sehen?«

»Schätze schon«, sagte Shane. »Hast du was zu essen?«

»Klar.« C.J. stand auf, und ich hüpfte ihr hinterher. »Nein, bleib ruhig hier«, meinte sie zu Shane. »Ich hole uns was.«

Ich folgte meinem Mädchen in die Küche. Hier fühlte sie sich wohler als im Wohnzimmer. Ich wedelte ein paarmal mit dem Schwanz. Im Wohnzimmer wurde die Lautstärke hochgedreht.

C.J. nahm eine wundervoll knisternde Tüte aus dem Regal und goss eine sprudelnde Flüssigkeit in zwei Gläser. Das alles trug sie ins Wohnzimmer. Die Tüte reichte sie Shane, weswegen ich mich zu ihm hockte. Ich wusste genau, was da drin war. Aufmerksam beobachtete ich Shanes Gesicht. Früher oder später würde ein Chip auf den Boden fallen. So war es immer.

»Also«, sagte Shane schmatzend. »Dieser Malkurs ist echt das Letzte, oder?«

»Mir gefällt es irgendwie«, antwortete C.J. Sie wickelte sich einen Schnürsenkel um die Finger.

Shane schob sich noch mehr Chips in den Mund. Bemerkte er denn gar nicht, dass ich direkt vor ihm saß? Wusste er nicht, wie man teilt? Die Chips in der Tüte gehörten ihm. Was auf den Boden fiel, war für mich. C.J. und ich machten das immer so.

»Du machst Witze«, schnaubte Shane. Da klingelte es schon wieder an der Tür. Schweren Herzens verabschiedete ich mich von den Chips und begleitete C.J., aber das war mein Job, und ich tat, was getan werden musste.

Noch bevor die Tür aufging, wusste ich, dass Trent

draußen stand. Mein Schwanz wischte in einem großen Bogen hin und her.

»Hey, wie geht's Molly?«, fragte Trent, als C.J. die Tür aufgemacht hatte. »Molly! Da bist du ja!« Er ging in die Hocke, umfasste meinen Kopf mit beiden Händen und rubbelte mit den Fingern über meine Ohren. Fröhlich wackelte mein ganzer Körper.

C.J. schmunzelte. »Es geht ihr besser. Siehst du?«

»Hey, C.J., kommst du zurück?«, rief Shane aus dem Wohnzimmer.

Trent richtete sich auf. Sein Lächeln erstarb.

»Wer ist das?«

»Nur jemand, den ich aus dem Malkurs kenne«, sagte C.J. »Komm doch rein, Trent, wir schauen nur fern.«

»Ähm, nein, meine Mom will, dass ich den Rasen mähe«, sagte Trent. Er trat von einem Fuß auf den anderen. Ich schmiegte mich an sein Bein, damit er nicht vergaß, dass meine Ohren noch Streicheleinheiten vertragen konnten.

»Kannst du das nicht verschieben?«, fragte C.J.

»Nein, sie hat ›sofort‹ gesagt. Ich wollte nur nach Molly sehen«, erwiderte Trent.

»Kommst du dann später vorbei?«, wollte C.J. wissen.

Trent zuckte die Achseln. »Ich bin nur froh, dass es Molly gutgeht«, sagte er und eilte die Auffahrt hinunter.

Zögerlich ging C.J. zurück ins Wohnzimmer. Auf die Couch setzte sie sich nicht mehr. Stattdessen nahm sie auf einem Stuhl am anderen Ende des Raumes Platz. Noch eine Weile – bis die Chips alle waren – starrten sie und Shane in den Fernseher. Dann ging Shane.

Er hatte mir nicht einen Chip abgegeben.

9

Am folgenden Tag ging es nach der Schule wieder zum Kunsthaus. Auf dem Tisch sitzen durfte ich diesmal nicht. Aber das war in Ordnung. Ich schlenderte durchs Zimmer und ließ mich nach Lust und Laune streicheln, bis ich genug hatte und mich neben C.J.s Staffelei niederließ.

Sie runzelte die Stirn und strich mit konzentrierter Entschlossenheit Farbe auf eine Leinwand. Trotzdem strahlte sie Freude aus. Das spürte ich. Meinen Platz hatte ich mir so ausgesucht, dass ich sie, wenn nötig, mit der Nase anstupsen konnte, und dort döste ich auch ein.

Als ich wieder aufwachte, gossen die Kinder Wasser in die Spüle und machten sich an den Schränken zu schaffen. C.J. aber blieb an ihrer Staffelei, sogar als die anderen Kinder nach und nach den Raum verließen.

Auch Shane ging, die Hände in den Taschen vergraben und den Kopf gesenkt. Er sprach mit niemandem.

Sheryl trat zu C.J. »Wie lange brauchst du noch?«, fragte sie.

»Vielleicht noch eine Stunde?«, sagte C.J. »Danke, dass Sie mich länger bleiben lassen.«

»Nichts läge mir ferner, als der Inspiration im Wege zu stehen«, meinte Sheryl. »Aber ich muss kurz ins Büro und Papierkram erledigen. Kann ich dich allein lassen? Ich komme nachher, um abzuschließen.«

»Kein Problem«, sagte C.J. »Und ich bin ja gar nicht allein. Molly ist da.«

Sheryl lächelte. »Dann bis gleich. Ich schließe noch die Außentür ab, bevor ich gehe.«

C.J. und ich blieben allein im Kunsthaus zurück. Ich machte eine schnelle Runde durch das Zimmer, nur um nachzusehen, ob einem der Kinder etwas Leckeres zu essen heruntergefallen war. Dann legte ich mich wieder neben C.J.

»Du bist so ein guter Hund, Molly«, flüsterte sie. »Es dauert nicht mehr lange, ja?«

Da klopfte es an der Eingangstür. C.J. zuckte zusammen, und ein in Farbe getränkter Pinsel fiel zu Boden.

Ich schnüffelte daran, aber er schien ungenießbar zu sein. »Nein, Molly, friss das nicht!«, rief C.J. und schnappte ihn sich. Dann eilte sie zur Tür. Ich wich ihr nicht von der Seite.

C.J. spähte durch das Fenster in der Tür. »Shane?«, fragte sie.

Es klopfte wieder. »Los, C.J., mach auf!«, hörte ich Shanes Stimme.

C.J. drehte den Knauf und öffnete die Tür, aber nur einen Spaltbreit. »Was ist los?«, fragte sie.

»Sheryl hat mir das Handy weggenommen«, erklärte Shane auf der anderen Seite der Tür. »Komm, lass mich rein, C.J. Sei doch nicht so. Sie hat gesagt, sie gibt es mir am Ende der Stunde wieder, und hat es dann vergessen. Und ich brauche es. Ich muss meine Mitfahrgelegenheit anrufen, sonst stehe ich hier die ganze Nacht. Jetzt komm schon.«

C.J. zog die Tür ganz auf und trat einen Schritt zurück. »Na gut. Komm rein.«

Shane trat ein. Ich blieb in C.J.s Nähe. Ihre Stimme klang gestresst, die Arme hatte sie vor der Brust verschränkt. Sie war nervös. Das hier war nicht mein Haus, von daher musste ich es nicht vor Shane verteidigen, aber mein Mädchen würde ich beschützen.

Shane lief zu dem großen Pult, an dem Sheryl oft saß oder stand, wenn sie den Kindern etwas erklärte. Er zog eine Schublade auf, dann eine andere, und steckte etwas in seine Tasche.

»Ich hab's!«, sagte er.

»Okay«, meinte C.J. »Soll ich Sheryl sagen, dass du dein Handy genommen hast, oder …?«

»O Mann, C.J., warum solltest du?« Shane schüttelte den Kopf und lachte. »Ich hab gedacht, du wärst cool. Sag einfach nichts, okay? Sie mag mich nicht. Und du kriegst noch Ärger, weil du mich reingelassen hast. Hey, vielleicht schau ich mal wieder bei dir vorbei und wir gucken fern oder so. Bis dann!« Und schon war er durch die Tür. C.J. schaute ihm noch kurz hinterher, dann verschloss sie die Tür wieder.

Als sie zurück an die Staffelei trat, war ihre Freude verflogen. Sie malte nur noch ein paar Minuten, dann ging sie mit den Pinseln ans Waschbecken und ließ Wasser darüberlaufen. Als Sheryl zurückkam, war sie schon startklar.

Am nächsten Tag gingen C.J. und ich nach dem Frühstück in den Garten. Sie hatte gerade einen Ball geworfen, hinter dem ich jetzt herjagte, als Gloria uns rief.

»C.J., eine Lehrerin möchte dich sehen!«

Ich schnappte mir den Ball und folgte C.J. nach drinnen.

Sheryl stand im Flur. Ich hüpfte auf sie zu, und sie kraulte mir die Ohren, aber nur kurz. Ich war enttäuscht. Sheryl wusste doch, wie das mit dem Kraulen lief.

Sie hatte die Stirn gerunzelt, aber nicht auf die wütende Art. Mehr so, als würde sie sich Sorgen machen. Mich zu streicheln könnte sie vielleicht aufmuntern.

»C.J., wir müssen reden«, sagte sie.

»Hm.« Jetzt wirkte auch C.J. besorgt. »Gut. Kommen Sie rein.«

»Deine Mutter sollte lieber dabei sein«, meinte Sheryl, als sie ins Wohnzimmer ging.

»Warum?« Gloria kam aus der Küche, blieb aber im Türrahmen stehen. »Gibt es ein Problem? Meine Tochter ist jede Woche zum Malkurs gegangen. Sie hat keinen Tag verpasst. Wenn die Schule jetzt behauptet …«

»Nein, darum geht es nicht.« Sheryl setzte sich. C.J. tat es ihr nach. Den Ball ihm Maul, stupste ich C.J.s Hand an, aber sie wollte ihn nicht werfen. Seufzend legte ich mich vor ihr auf den Boden. Menschen, und nicht Hunde, entschieden für gewöhnlich, wann ein Spiel beendet war. Ich wünschte, es könnte umgekehrt sein.

»C.J., hast du gestern Abend jemanden in den Zeichensaal gelassen?«, fragte Sheryl.

C.J. erstarrte. Ich sprang wieder auf. Mein Mädchen

hatte Angst! Ich schmiegte mich an ihre Seite, während C.J. von Gloria zu Sheryl und wieder zurückschaute.

»Du musst mir die Wahrheit sagen, C.J.«, bohrte Sheryl weiter. »Bitte, versuch nicht, jemanden zu decken. Die Sache ist ernst.«

»Decken?« Gloria wirkte verspannt. »Wen sollte sie decken? Was sollen all diese Fragen?«

»Bitte überlassen Sie C.J. das Antworten, Mrs Mahoney.«

»*Miss* Mahoney«, korrigierte Gloria.

Ich legte das Kinn auf C.J.s Schoß und winselte leise.

C.J. legte beide Hände auf meinen Kopf und strich mir die Ohren zurück. Sie beugte sich zu mir herunter. »Feines Mädchen, Molly. Ist schon gut«, sagte sie. Dann richtete sie sich wieder auf und blickte Sheryl an. »Ich habe Shane reingelassen. Er meinte, sein Handy wäre in Ihrem Pult, und er bräuchte es, um jemanden anzurufen.«

Ich spürte, wie Sheryl sich entspannte. Ihre Schultern senkten sich ein Stückchen, sie legte die Hände auf ihre Oberschenkel.

»Was hat Shane gemacht, nachdem du ihm aufgemacht hast?«, fragte sie mit ruhiger Stimme.

»Er hat nur sein Handy aus dem Pult geholt und ist wieder gegangen«, antwortete C.J.

Sheryl seufzte leise. »Nein, ich fürchte, das hat er nicht, C.J. Er hat *mein* Handy aus dem Pult geholt. Und etwas Geld, das ich dort aufbewahrt habe.«

Angst packte C.J., und sie riss die Augen auf. »Was? Aber das wusste ich nicht! Ich wusste doch nicht, dass er so was vorhat! Er hat nur gesagt, dass er sein Handy braucht. Sheryl, ich wusste wirklich nichts davon!«

»Wird meine Tochter wegen etwas beschuldigt?«, wollte Gloria wissen.

Sheryl schüttelte den Kopf. Ihr Tonfall klang traurig. »Miss Mahoney, ich beschuldige C.J. nicht. Aber es sieht nicht gut für sie aus. Ich muss dem Direktor von Shane berichten, und der muss den Diebstahl der Polizei melden. Ich hoffe, wir können mein Handy und auch das Geld wiederbekommen. Das könnte helfen. Und ich versichere dem Direktor, dass du mir die Wahrheit gesagt hast, C.J.«

»Ich bin kein Dieb«, flüsterte C.J. Ihre Augen füllten sich mit Tränen. Schnell schleckte ich ihr die Hände ab. Am liebsten wäre ich ihr auf den Schoß gekrochen. Bestimmt würde sie das aufheitern. Aber Gloria beschimpfte mich immer, wenn ich auf der Couch saß und sie im Raum war. Und Ärger konnte ich gerade nicht gebrauchen.

»Ich glaube dir, C.J. Das tue ich wirklich.« Sheryls Stimme klang freundlich. »Du musst dir keine Sorgen machen. Ich fürchte, Shane wird womöglich von der Schule verwiesen. Aber ich hoffe, dass dir nichts dergleichen passiert, C.J.«

»Von der Schule verwiesen!«, keuchte C.J.

»Meine Tochter fliegt bestimmt nicht von der Schule!«, rief Gloria. »Ich werde selbst mit dem Direktor sprechen. Clarity June, dass du ein solches Benehmen an den Tag legst! Was sollen die Leute denken?«

»Ich wusste doch nicht, dass er etwas klaut!«, sagte C.J. und rieb sich die Augen. Hilfsbereit schleckte ich ihr die salzigen Tränen von den Händen.

Gloria erhob die Stimme. »Erst schwänzt du die Schule. Und jetzt das! Also wirklich, Clarity. Das ist unmöglich. Vielleicht schert dich das alles nicht, aber begreifst du nicht, wie peinlich das für mich ist?«

Sheryl blickte von C.J. zu Gloria und runzelte verdutzt die Stirn. C.J. beugte sich vor und schloss mich in eine enge Umarmung. Tatsächlich in eine etwas zu enge Umarmung, aber ich spürte, dass sie mich gerade brauchte, deswegen versuchte ich nicht, mich zu befreien.

»Kein Grund zur Panik«, sagte Sheryl leise und stand

auf. »Ich sage dem Direktor, was C.J. mir eben erzählt hat und wie gut sie sich in meinem Kurs macht. Ganz abgesehen davon, was für eine talentierte Künstlerin sie ist.« Bei Sheryls letzten Worten blickte C.J. auf, und ich bemerkte ihre Überraschung. »Die Schule wird sich bei Ihnen melden. Mach dir nicht zu viele Sorgen, C.J. Es wird schon gutgehen.«

Sheryl ging. Normalerweise war es meine Aufgabe, Menschen zur Tür zu begleiten, aber dieses Mal erschien es mir wichtiger, C.J. Gesellschaft zu leisten.

»Wirklich, Clarity June«, sagte Gloria, als Sheryl die Tür hinter sich zugezogen hatte. »Ich kann nicht glauben, dass du dich mit so einem Jungen einlässt. Alle an der Schule werden glauben, ich sei eine furchtbare Mutter.«

Ein paar Tage lang ging C.J. nicht zur Schule, was mich natürlich freute. Aber beim Spielen hatten wir nicht so viel Spaß wie sonst. Manchmal warf sie einen Ball für mich, und wenn ich ihn zurückbrachte, vergaß sie komplett, ihn noch mal zu werfen. Oder sie hielt mitten beim Streicheln inne und umarmte mich. Nicht, dass ich etwas gegen Umarmungen hätte, aber die Streicheleinheiten hätten ruhig etwas länger sein können.

Einmal besuchten wir Trent, damit ich mit Rocky spielen konnte. »Also, was gibt's Neues?«, fragte Trent, als Rocky und ich durch den Garten tollten.

»Shane wurde von der Schule verwiesen. Das gibt's Neues«, erklärte C.J. mit bedrückter Stimme.

»Gut«, erwiderte Trent.

»Trent!«

»Das meine ich ernst, C.J. Der Typ ist mir nicht geheuer.«

»Ja, stimmt, geht mir genauso.« C.J. seufzte. »Gut ist auch, dass ich nicht von der Schule fliege. Aber der Direktor findet die ganze Sache nicht gerade toll. Er meint, mein Verhalten zeuge von schlechtem Urteilsvermögen. Und ich soll das wiedergutmachen. Also hat Sheryl gesagt, wie wäre es mit Sozialstunden? Gloria hat zugestimmt, solange nichts von einem Diebstahl in meiner Schulakte steht. Zwanzig Stunden muss ich machen, und bis das erledigt ist, darf ich nicht mehr zum Malkurs.«

Trent schüttelte den Kopf. »So ein Mist. Wo du doch gar nichts falsch gemacht hast.«

»Na ja, eigentlich ist es gar nicht so schlimm. Sheryl hat mir auf einer Liste gezeigt, was ich alles machen kann. Entweder muss ich Müll an der Landstraße aufsammeln oder Müll im Park aufsammeln oder Müll an der Bibliothek aufsammeln, oder ich kann helfen, Hunde zu trainieren. Assistenzhunde!«

Als sie *Hunde* sagte, schaute ich auf, weil anschließend häufig das Wort *Keks* folgte. Rocky nutzte die Gelegenheit, um mir auf den Kopf zu hüpfen.

»Und wo sammelst du jetzt Müll auf?«, fragte Trent grinsend.

C.J. boxte ihm spielerisch gegen die Schulter. »Du Trottel.«

Es schien kein Leckerli für mich herauszuspringen. Ich kämpfte mich unter Rocky hervor und bellte ihn so laut an, dass er davonstürmte, was natürlich bedeutete, dass ich ihn jagen musste.

Am nächsten Morgen stand C.J. früh auf. Anscheinend machte sie sich für die Schule fertig, was mich traurig stimmte. Aber als sie zur Tür ging, rief sie mich, damit ich mitkam!

Ich raste hinter ihr her. Sie hielt mir die Autotür auf, und so schnell es ging, hüpfte ich auf die Rückbank, nur für den Fall, dass sie ihre Meinung änderte. Lachend setzte sie sich zu Gloria nach vorne.

Von hinten schob ich meine Nase in C.J.s Ohr, und wieder musste sie lachen.

»Du hast ja gute Laune. Für eine Kriminelle«, sagte Gloria und fuhr los.

Eine Minute lang schwieg C.J. und blickte aus dem Fenster. Dann sagte sie leise: »Molly macht mich glücklich.«

Gloria schnaubte.

Die restliche Fahrt fiel kaum mehr ein Wort.

10

Ziemlich bald kamen wir an einem großen Gebäude an, und C.J. stieg aus. Auch mich ließ sie aus dem Auto hüpfen. Kaum hatten meine Pfoten den Boden berührt, da roch ich schon die Hunde. Und ich hörte sie auch. In dem Gebäude bellten mehrere Vierbeiner.

Eine Frau kam aus der Tür, um uns zu begrüßen. Sie war älter als C.J., aber jünger als Gloria, und sie hatte ihr langes schwarzes Haar mit einem hellen Band zurückgebunden. Sie roch phantastisch, nach Hundekeksen und vielen, vielen anderen Hunden.

»Hi, ich bin Andi«, sagte sie, ging in die Hocke und streckte die Arme nach mir aus. »Und wer ist das?«

»Sie heißt Molly«, sagte C.J. und trat nervös von einem Fuß auf den anderen. »Und ich bin C.J.«

»Molly! Ich hatte einmal eine Molly. Ein toller Hund.« Ich wedelte begeistert. Ein toller Hund zu sein gefiel mir. Ich schleckte Andis Gesicht ab, und sie küsste mich zurück. Die meisten Menschen mögen es nicht, Hundelippen zu küssen, aber Andi machte das genauso wenig aus wie C.J. »Molly, Molly, Molly«, gurrte sie. »Bist du eine Schöne, ja, das bist du. So ein feiner Hund.«

Ich mochte Andi wirklich gerne.

»Was ist sie, ein Spaniel-Pudel-Mix?«, fragte Andi, während sie mich weiter streichelte.

»Vielleicht«, antwortete C.J. Ihre Aufregung von eben schmolz dahin. »Ihre Mutter war ein Pudel, aber über ihren Vater wissen wir nichts. Bist du ein Spudel, Molly?«

Als ich meinen Namen hörte, wedelte ich sogar noch fester. Andi stand auf, ließ aber ihre Hände in Reichweite. Ich schleckte sie ab.

»Du bist ein Geschenk des Himmels. Die Hilfe habe ich bitter nötig«, sagte Andi. »Komm doch rein.« Gemeinsam marschierten wir in das Gebäude. Wir betraten einen Flur, der zu beiden Seiten mit Zwingern gesäumt war, und in diesen Zwingern waren jede Menge Hunde. Sie alle bellten mich und einander an, aber ich beachtete sie gar nicht. Offensichtlich war ich etwas Besonderes, immerhin steckte ich in keinem Zwinger und durfte bei meinem Mädchen sein.

»Eigentlich weiß ich überhaupt nichts über Hundetraining, aber ich kann lernen, was nötig ist«, sagte C.J.

Andi lachte. »Gut, aber im Grunde hältst du mir eher

den Rücken frei, damit ich genügend Zeit für das Training habe. Die Hunde brauchen regelmäßig frisches Wasser, sie müssen gefüttert und ihre Zwinger gereinigt werden. Und sie müssen spazieren geführt werden. Schaffst du das?«

C.J. nickte. »Wofür werden sie eigentlich trainiert?«, fragte sie. »Ich meine, ich weiß, dass es hier um Assistenzhunde geht. Also Blindenhunde oder so etwas?«

»Nicht ganz«, sagte Andi. »Ich forsche in der Krebsfrüherkennung. Der Geruchssinn von Hunden ist gut hunderttausendmal besser als unserer. Einige Studien haben gezeigt, dass sie im Atem von Menschen Krebs erschnüffeln können, noch bevor ein Arzt ihn feststellen kann. Und je früher man den Krebs erkennt, desto größer sind die Heilungschancen.«

»Du trainierst also Hunde darauf, dass sie Krebs erschnüffeln?« C.J.s Stimme klang überrascht.

»Genau. Ich bin natürlich nicht die Einzige, die das macht, aber die meisten anderen Experimente finden nur im Labor statt. Die Hunde schnuppern an einem Reagenzglas. Ich will herausfinden, ob das auch direkt am Menschen funktioniert. So könnte man sie einfach auf Gesundheitsmessen einsetzen oder im Bürgerhaus einer Stadt. Daran arbeite ich also. Und du ...«

C.J. ließ ihren Blick über die Zwinger mit den bellenden Hunden schweifen. »Und ich mache die Hundekacke weg?«

»Du hast es erfasst«, meinte Andi mit einem Grinsen.

Es folgte ein seltsamer Vormittag.

Zunächst führte C.J. mich in einen großen Raum und sperrte mich dort in ein Gehege. Dann brachte sie mir einen anderen Hund, mit dem ich spielen konnte, genauer gesagt, eine Hündin mit kurzen Beinen und ziemlich langen Schlappohren. Mit ihr konnte man zwar nicht so gut spielen wie mit Rocky, aber es störte sie nicht, wenn ich an ihren Ohren knabberte, nur um zu sehen, wie sie schmeckten.

C.J. ging und ließ uns eine Weile allein. Als sie schließlich zurückkam, nahm sie mich und den anderen Hund an die Leine, und wir machten einen Spaziergang. Meine neue Freundin setzte sich hin und wartete geduldig, während ich ein Eichhörnchen auf einen Baum jagte, die Vorderpfoten an den Stamm legte und bellte, bis es auf einen anderen Baum sprang.

Das machen Eichhörnchen immer. Total unfair.

Es gefiel mir, mit einem neuen Hund zu spielen, und Gassigehen mit C.J. war ohnehin toll. Aber dann brachte sie mich zurück in das Gehege, führte meine Freundin

weg und holte mir einen neuen Hund. Und das Ganze ging von vorne los, wieder und wieder und wieder.

C. J.s Schuhe und Hose wurden von Mal zu Mal nasser und nasser. Und sie roch spannend. Ihre Kleider waren getränkt vom Urin verschiedener Hunde. Ich konnte gar nicht aufhören, an ihr zu schnuppern. Das war ein Spaß!

Als dieses Spiel schon eine Weile gegangen war, ließ C. J. mich schließlich aus dem Gehege. Da kam Andi mit einem großen, braunen Hund in unseren Raum und begann, mit ihm zu spielen. Ich stürzte auf sie zu, um sie zu begrüßen. C. J. rieb sich derweil mit beiden Händen den Rücken und seufzte.

An den braunen Hund machte ich mich auch heran und beschnüffelte ihn unterm Schwanz. Und er mich unter meinem.

»Das ist Luke«, sagte Andi. »Molly gefällt dir wohl, Luke?«

Luke war ein ernsthafter Hund. Das bemerkte ich gleich. Er war so auf das Spiel mit Andi konzentriert, dass er mich kaum beachtete.

Auf dem Boden standen verschiedene Metallbehälter. C. J. und ich schauten zu, während Andi Luke von einem Behälter zum nächsten führte. »Riechst du das?«, fragte

Andi, als Luke an einem bestimmten Gefäß schnüffelte. »Und Platz!«

Luke legte sich hin, und Andi schenkte ihm ein Leckerli.

Ich spitzte die Ohren und winselte leise, nur für den Fall, dass Andi noch einen Hundekeks in der Tasche hatte.

»Das waren zwei Stunden, oder, C. J.?«, fragte Andi.

»Stimmt«, sagte C. J. »Zwei sehr aufregende Stunden.«

Andi lachte. »Ich unterschreibe dein Formular am Ende der Woche, okay? Und danke. Du hast gute Arbeit geleistet.«

Von da an gingen wir oft zu Andi, um mit ihren Hunden zu spielen, sogar noch öfter als zu Trent. Und es gefiel mir hier. Wenn wir mit den anderen Hunden spazieren gingen, zeigte ich ihnen, was man macht, wenn einem ein Hase oder ein Eichhörnchen begegnet. Und wenn C. J. mich im Gehege ließ, brachte sie mir einen meiner Freunde. Mit einigen konnte man richtig gut spielen, fast so gut wie mit Rocky. Ein paar waren ernst, so wie Luke, und interessierten sich nicht für Jagen und Balgen.

Aber eines Tages brachte C. J. mir einen Hund, der einfach nicht wusste, wie man spielt.

Ich versuchte, es ihm zu zeigen. Mit einem Gummiball im Maul verbeugte ich mich, die Vorderbeine ausgestreckt, das Hinterteil in der Luft. Dann tänzelte ich davon, damit er wusste, dass er mich jagen sollte.

Er verstand es nicht. Er senkte nur den Kopf und knurrte.

Ich spürte, dass er traurig und verängstigt war, aber ich wusste, dass es ihm besserginge, würde er mit mir herumlaufen und Das-ist-mein-Ball-und-du-kriegst-ihn-nicht spielen. Also verbeugte ich mich erneut. Da bellte er und sprang mir mit gefletschten Zähnen entgegen.

Ich war so überrascht, dass ich den Ball fallen ließ! Er schnappte ihn sich, was natürlich total ungerecht war. C.J. eilte zu uns zurück, legte dem anderen Hund die Leine an und führte ihn in ein anderes Gehege.

Deshalb hatte ich, solange C.J. fort war, nichts anderes zu tun, als Andi und Luke beim Spielen zuzusehen.

Diesmal hatten sie keine Behälter. Menschen saßen im Raum verstreut auf Metallstühlen. Andi ließ Luke nacheinander an allen Menschen schnüffeln.

Das Spiel wirkte nicht sehr aufregend. Die Menschen reagierten ja überhaupt nicht! Sie saßen nur still da. So sind Menschen manchmal. Sie hocken nur rum und tun kaum etwas, obwohl sie ohne weiteres mit ihrem Hund herumtollen könnten.

Andi führte Luke zu einem Mann, dem alle Haare ausgefallen waren. Der große Rüde machte Platz, kreuzte seine Vorderpfoten und legte den Kopf darauf ab.

»Guter Junge, Luke!«, sagte Andi. Ihre Stimme klang aufgeregt. Und sie gab Luke an Ort und Stelle ein Leckerli.

Anschließend musste Luke den Raum verlassen, und die Leute tauschten Plätze. Das dauerte eine Weile. Als sie so weit waren, ließ Andi Luke wieder herein.

Er schnupperte erneut an den Menschen, und als er bei dem Mann ohne Haare ankam, legte er sich hin. Andi war begeistert.

»Guter Junge!«, lobte sie und händigte ihm wieder einen Hundekeks aus.

Ich wollte auch ein Leckerli. Beim Zusehen tropfte mir ein Speichelfaden aus dem Maul. Dieses Spiel sah nicht sonderlich schwierig aus. Ich legte mich hin, kreuzte die Vorderbeine und legte meinen Kopf darauf.

Andi bemerkte es gar nicht.

»Molly, Süße, du bist ja ganz erledigt«, sagte C.J., als sie an meinem Gehege vorbeikam. Sie hatte den Hund, der nicht wusste, wie man spielt, an der Leine.

So ist das Leben. Manche Hunde kriegen Leckerlis, obwohl sie kaum etwas leisten, und andere Hunde sind superbrav und bekommen gar nichts.

C.J. führte den unfreundlichen Hund weg, kam aber gleich wieder, und nur wir beide machten einen kurzen Spaziergang. Ich mochte es, mit C.J. allein zu sein. Natürlich machte es Spaß, mit anderen Hunden zu spielen, aber sie war mein Mädchen, und am meisten Spaß hatten wir, wenn wir nur zu zweit waren.

Zurück im Gebäude, saßen die Leute immer noch auf den Stühlen, und Andi spielte jetzt mit einem blonden Hund, den ich nicht kannte. Ich trabte zu dem glatzköpfigen Mann.

Er beugte sich vor und lächelte mich an. »So ein süßer Hund«, sagte er leise. Seine Stimme wirkte kraftlos.

In seinem Atem nahm ich einen seltsamen Duft wahr. Aus irgendeinem Grund gefiel mir der gar nicht. Die meisten Gerüche sind toll. Das Pipi anderer Hunde, der Müll im Abfalleimer, Aas am Wegesrand – das alles roch so spannend, dass ich sofort meine Schnauze hineinstecken wollte.

Dieser Geruch aber stieß mich ab. Einmal hatte ich zu Hause im Müll etwas Glänzendes und Knuspriges gefunden, aber als ich darauf herumkauen wollte, hatte ich einen schrecklichen Geschmack im Maul, der auch nicht verschwinden wollte, nachdem ich meinen halben Wassernapf ausgesoffen hatte. Daran erinnerte mich der Atem dieses Mannes.

Trotzdem, wenn Luke ein Leckerli bekam, wollte ich auch eines. Ich legte mich mit gekreuzten Pfoten hin und legte meinen Kopf ab.

»Sieh dir das an!«, rief Andi. Sie kam zu mir. »Hey, Molly, hast du das von Luke gelernt?«

Schwanzwedelnd wartete ich auf den Hundekeks. Vergebens.

Ich mochte Andi wirklich gerne. Sie roch phantastisch und umarmte mich jedes Mal, wenn ich mit C.J. zum Spielen kam. Aber es war wirklich extrem ungerecht, dass sie Luke ein Leckerli gab und mir nicht, wo wir doch genau dasselbe getan hatten.

Als wir Andi das nächste Mal besuchten, beschloss ich, sie doch wieder zu mögen. Sie sprach eine Weile mit C.J. und begann dann ein Spiel mit mir.

Um ehrlich zu sein, ich fand dieses Spiel nicht besonders spannend. Immerhin gab es Taue, an denen man zerren, und Bälle, hinter denen man herjagen konnte. Warum also Leute auf Stühlen beschnuppern? Aber so sind Menschen nun mal. Ihre Vorstellung von einem Spiel war weniger spaßig als die eines Hundes. Aber wenn man Hundekekse mag, muss man sich damit abfinden.

Andi überließ es C. J., meine Leine zu halten, und wir liefen zu einer Frau in Pelzstiefeln, die nach Katzen roch.

»Hallo, wer bist du denn?«, fragte sie und hielt mir eine Hand zum Abschlecken hin.

»Das ist Molly«, sagte Andi. Ich wedelte mit dem Schwanz.

Und das war schon das ganze Spiel. Wir gingen zu allen Leuten auf ihren Stühlen. Jeder streichelte mich und sprach kurz mit mir, aber keiner gab mir Leckerlis, obwohl ein Mann etwas Käsiges in der Tasche hatte, das roch ich genau.

Dann kamen wir zu einer Frau, deren Hände nach Fisch dufteten. Sie beugte sich vor, um mich zu streicheln, und da wehte mir derselbe Geruch entgegen, den ich schon bei dem glatzköpfigen Mann wahrgenommen hatte.

»Hallo, Molly«, sagte die Frau.

Ich schleckte ihr die Hände ab, und wir wandten uns langsam der nächsten Person zu. An Andi bemerkte ich plötzlich eine leise Spur von Nervosität, und da kapierte ich es.

Ich sollte mich nicht nur vor dem haarlosen Mann hin-

legen. Es ging um den Geruch. Dieser komische Duft hatte etwas mit dem Spiel zu tun. Ich drehte mich wieder zu der Frau um, machte Platz und kreuzte die Pfoten.

»Sie hat's!«, rief Andi und klatschte in die Hände. »Gut gemacht, Molly. Guter Hund!«

Und da, endlich, war das Leckerli!

11

Beim Spielen mit Andi war ich ein guter Hund, ich hatte mich im richtigen Augenblick hingelegt. Aber wieder zu Hause, hielt man mich für einen bösen Hund. Und ich wusste noch nicht einmal, was ich falsch gemacht hatte!

»Komm baden, Molly!«, rief C. J.

Ich hatte zwar keine Ahnung, was sie meinte, aber sie rief meinen Namen, also lief ich schwanzwedelnd zu ihr. Sie nahm mich am Halsband und zog mich ins Badezimmer. Dort hob sie mich in eine flache, längliche Wanne mit glattem Boden.

Diese Wanne kannte ich schon. C. J. und Gloria standen oft darin und ließen sich Wasser über die Köpfe rinnen. Warum sie das taten, war mir schleierhaft, aber Menschen sind manchmal einfach komisch.

Besonders gut roch es hier drinnen allerdings nicht. Ich wand mich unter C. J.s Händen, damit wir das beenden und zum Spielen nach draußen gehen konnten.

Ein Besuch im Park oder bei Trent und Rocky wäre jetzt nett gewesen.

»Nein, Molly, halt still!«, sagte C.J. Anscheinend wollte sie etwas von mir, also schleckte ich ihr das Gesicht ab.

Sie lachte. »Ach, Molly. Du musst stillhalten.« In der Hand hielt sie etwas wie einen Hundenapf, nur mit einer langen Schnur daran. Ich leckte daran, aber das Wasser war warm und schmeckte mir nicht. Außerdem hatte ich gar keinen Durst.

C.J. hob den Napf und schüttete mir etwas Wasser über den Kopf.

Ich bellte überrascht auf und schüttelte mich wild. Meine Ohren schlackerten.

»Nein, Molly. Du musst stillhalten!«, sagte C.J. nun strenger.

Ich wusste immer noch nicht genau, was sie wollte. Aber ich spürte ihren festen Griff, also senkte ich den Kopf und bewegte mich nicht, obwohl ich mich wie ein wirklich böser Hund fühlte, während sie mir das Wasser über den ganzen Körper goss.

Dann – was noch viel schlimmer war – rieb sie mich mit einer übelriechenden Seife ein.

»Du wirst für die Ausstellung ganz wundervoll aussehen«, gurrte sie dabei. »So, fein, Molly, es dauert nicht mehr lange. Braver Hund.«

Ganz sicher nicht! Brave Hunde bekamen Leckerlis, wurden gestreichelt und umarmt. So behandelte man sie nicht! All die köstlichen Gerüche, die mein Fell mit der Zeit angenommen hatte – Schmutz und altes Essen und Staub aus den Teppichen –, flossen jetzt mit dem warmen Wasser den Abfluss hinunter. Ich winselte und versuchte, C.J.s Griff zu entkommen, aber meine Krallen kratzten nur nutzlos über die glatte Oberfläche der Wanne. C.J. hielt mich fest.

»Ich muss nur noch die Seife ausspülen, Molly!«, sagte sie und machte mich noch einmal vom Kopf bis zur Schwanzspitze nass.

Dann beschloss sie wohl, dass ich kein böser Hund mehr war, ließ mich los und schnappte sich ein großes Handtuch. Dahinein wickelte sie mich und hob mich hoch. »Ach, Molly, ach, Molly, du bist vielleicht ein frecher kleiner Hund«, flüsterte sie, und ich wusste, dass ich jetzt wieder ein guter Hund war und dass mein Mädchen mich liebte.

Sie rubbelte mich so lange mit dem Handtuch ab, bis meine Haut kribbelte und kitzelte, so dass ich losflitzen musste, sobald sie mich gehenließ. Ich raste durchs Haus, schüttelte mich, um die letzten Tropfen von diesem muffigen, seifigen Wasser loszuwerden, hüpfte über Stühle und auf die Couch. Dann ließ ich mich auf den Teppich plumpsen und robbte darüber, rubbelte mir erst den Bauch, dann Schultern und Rücken ab, bis ich wieder einigermaßen wie ich selber roch und alle Feuchtigkeit aus meinem Fell verschwunden war.

»Was *macht* der Hund da nur?«, fragte Gloria, die in der Tür zwischen Küche und Wohnzimmer stand.

»Sie freut sich!«, sagte C. J. Lächelnd zeigte sie mir die Bürste in ihrer Hand. »Komm her, Molly. Lass dich kämmen!«

»Draußen!«, befahl Gloria.

Also gingen C. J. und ich in den Garten, und sie kämmte mich, bis ich vor Freude ganz hibbelig wurde. Anschließend gingen wir wieder ins Haus, und C. J. stieg in die Wanne mit dem Wasser.

Ich machte es mir auf einem Handtuch bequem, wartete auf sie und überlegte, ob C. J., so wie ich, ein böses Mädchen gewesen war. Aber das Wasser schien ihr nichts auszumachen. Als sie damit fertig war, kämmte sie sich die Haare, so wie sie meine gebürstet hatte, und hielt sich dann ein Gerät an den Kopf, das ein schrecklich heulendes Geräusch machte. Dieses Geräusch kannte ich bereits – es klang wie ein Schmerzenslaut –, und deswegen rannte ich davon und versteckte mich unter C.J.s Bettdecke, bis sie fertig war.

Dort fand C.J. mich, nahm mich auf den Schoß und band mir eine Art Schnur um den Hals. »Da schau her, Molly«, sagte sie. Ich knabberte an einem Ende der Schnur. Sie schmeckte nicht besonders interessant, aber doch besser als nichts.

»Nein, Molly.« Sie zog mir die Schnur aus dem Maul. »Du darfst dic Schleife doch nicht fressen!«

»C.J.! Lass dich mal ansehen!«, rief Gloria aus ihrem Schlafzimmer.

C.J. ging. Ich blieb auf dem Bett liegen und probierte aus, ob ich die Schnur ganz von meinem Hals abbekam.

Bruchstücke der Unterhaltung zwischen C.J. und Gloria konnte ich mithören, während ich auf der Schleife herumkaute. »Was stimmt nicht mit dem Kleid, das ich ausgesucht habe?«, fragte C.J.

»Das ist doch offensichtlich«, erwiderte Gloria. »Nein, probier das Blaue an. Darin würde ich dich gerne sehen.«

»Aber das Rote gefällt mir.«

»Rot ist nicht deine Farbe, Clarity.«

»Aber es sind doch meine Bilder, die bei der Ausstellung gezeigt werden, oder nicht?«

»Und du bist meine Tochter, und du wirst nicht in diesem schrecklichen, sackartigen Ding dorthin gehen. Darin siehst du aus, als hättest du fünf Kilo zugenommen.«

Ich hatte die Schleife schon fast gelöst, aber ein Faden hing irgendwie an meinen Zähnen fest. Ich musste den Hals verdrehen, um ihn abzureißen. Als das geschafft war, hörte ich wieder C.J.s Stimme. Ich wedelte mit dem Schwanz, einfach weil es schön war, meinem Mädchen zu lauschen. Obwohl sie nicht gerade glücklich klang.

»Make-up? Gloria, muss das sein?«

»Halt still. Mach die Augen zu. Du hast meine Augen, weißt du? Wenn du nur etwas damit machen würdest.«

»Mache ich doch. Ich sehe damit.«

»Sei. Einfach. Still. Clarity«, knurrte Gloria.

Da klingelte es an der Tür. Die Schleife noch um den Hals, sprang ich vom Bett und rannte pflichtbewusst los, um Laut zu geben. Auch C.J. eilte den Flur hinunter. Sie hielt mich am Halsband fest und öffnete die Tür.

»Ja?«, keuchte sie.

»Ist deine Mutter da?«, fragte ein Mann auf der Veranda.

»Also ...« C.J. zögerte.

»Gus!«, rief Gloria hinter uns. Sie trug ein Paar dieser

klappernden Schuhe, die auch jetzt jeden ihrer Schritte durch den Flur laut hörbar machten. »Komm rein, Gus. Schön, dass du hier bist. Clarity, das ist Gus. Mein Freund.«

Der Mann trat ein. Nun, da er im Haus war, musste ich nicht mehr bellen. Stattdessen schnupperte ich an seinen Schuhen. Sie rochen nach Gras und Schweiß, und etwas Süßes klebte am linken. Ich schleckte es ab.

»Was hat der Hund da um den Hals?«, fragte der Mann.

»Ähm. Eine Schleife«, murmelte C.J. »Dein Freund?«

»Das war vielleicht mal eine Schleife«, sagte der Mann.

»Warum nicht!«, antwortete Gloria.

»Du hast nie erwähnt ...« C.J. schaute Gloria an. Ich leckte ihr die Finger ab, und sie löste die Schleife von meinem Hals. Gott sei Dank war dieses Spiel vorbei.

»Na, ich muss dir ja nicht alles erzählen!«, erwiderte Gloria fröhlich und lachte.

Auch der Mann, der Gus hieß, lachte. Dann gingen C.J. und Gloria wieder in ihre Zimmer, während Gus auf der Couch saß und ungeduldig mit dem Fuß wippte. Schließlich kamen C.J. und Gloria zurück, und alle versammelten sich in der Diele. Auch C.J. trug jetzt ein Paar von diesen lauten Schuhen.

Es sah ganz so aus, als wollten sie gehen, also rannte

ich zu ihnen, nur für den Fall, dass ich mitkommen sollte. Oft passierte das nicht, aber ich war immer bereit.

»Genau, Molly. Das ist auch dein Abend!«, sagte C. J. und nahm die Leine vom Haken an der Wand.

Freudig tänzelte ich umher. »Also wirklich, Clarity!«, grummelte Gloria, und C. J. befestigte die Leine an meinem Halsband. Dann endlich gingen alle nach draußen. Ich kam nie dahinter, warum Menschen so lange brauchten, um das Haus zu verlassen, aber was soll's. Ich durfte mein Mädchen begleiten!

Gloria und Gus stiegen in unser Auto. C. J. öffnete die Tür zur Rückbank und ließ mich einsteigen. Sie kletterte hinter mir auf den Sitz und schnallte sich an. Fröhlich hechelnd ließ ich mich auf ihren Schoß plumpsen.

»Pass auf, dass der Hund dir nicht das Kleid vollhaart!«, rief Gloria nach hinten.

»Mach ich«, sagte C. J. leise.

»Wie lange dauert dieses Ausstellungsding?«, wollte Gus wissen, als er den Motor startete und losfuhr.

»Ach, nicht lange. Vielleicht eine Stunde. Natürlich wird C. J. mit ein paar Leuten im Museum sprechen müssen. Du weißt ja, die Presse.«

»Mom!«, rief C. J. erschrocken. »Die zeigen doch nur ein paar Bilder von Kindern. Das ist keine große Sache!«

»Clarity June, bitte. Selbstverständlich ist das eine große Sache. Du bist die einzige Schülerin deiner Schule, die ein Gemälde ausstellen darf, oder nicht?«, fragte Gloria.

»Ja, aber …«

»Mir war immer klar, dass du Talent hast. Schon als du noch ein Baby warst«, sagte Gloria. Sie klang wirklich zufrieden. »Das liegt in der Familie, weißt du. Bevor C.J. auf die Welt kam, war ich eine recht erfolgreiche Sängerin, Gus.«

»Ja?«

»Aber sicher. Natürlich verändert sich alles, wenn man ein Kind hat. Aber ich war nicht überrascht, als der Brief von dieser Kunstlehrerin kam. Überhaupt nicht überrascht.«

C.J. ließ den Kopf hängen und umarmte mich. Gloria plapperte weiter vor sich hin, und Gus gab Antwort, aber C.J. sagte nichts mehr. Vielleicht wünschte auch sie sich, vorne zu sitzen. Dafür hatte ich volles Verständnis. Auch mir gefiel es besser, ein Beifahrerhund zu sein.

»Fahr hier rechts ran«, sagte Gloria zu Gus und streckte den Finger aus.

Gus parkte den Wagen. Ich sprang auf, um aus dem

Fenster zu schauen, und mein Schwanz traf C.J. im Gesicht, als ich wedelte. Wir waren vor Trents Haus!

Einen Moment später öffnete sich die Autotür, und Trent schlüpfte zu C.J. und mir auf die Rückbank. Aber es schien ganz so, als würde das Spiel mit Rocky heute ausfallen, denn der Wagen setzte sich schon wieder in Bewegung. Zu schade!

»Hey, Molly. Hi, C.J.«, sagte Trent. »Wow, du siehst …«

»Gloria hat mich geschminkt«, nuschelte C.J.

»Wow«, wiederholte Trent. Dann schwieg auch er und schaute aus dem Fenster. Ich legte mich so hin, dass meine Vorderpfoten C.J. berührten und meine Hinterläufe Trent. Beide streichelten mich. Manchmal stießen ihre Hände aneinander.

Dann parkte Gus das Auto, wir alle stiegen aus und gingen in ein wirklich großes Gebäude; es war sogar noch größer als das von Andi oder das Kunsthaus. Drinnen standen viele Menschen herum. Manche sprachen miteinander. Andere starrten die Wände an.

Menschen sind manchmal wirklich seltsam.

C.J. behielt mich an der Leine, also blieb ich dicht neben ihr. Trent und sie liefen zu einer bestimmten Wand und schauten sie an.

»Ein tolles Bild, C.J.«, sagte Trent.

C.J. trat von einem Fuß auf den anderen. »Hör auf. Du bringst mich in Verlegenheit.«

»Komm schon. Du musst doch wissen, wie gut es ist. Los, lass mich ein Foto von dir schießen. Die Künstlerin und ihr Modell!«

Trent machte ein paar Schritte rückwärts und hielt sich eine kleine eckige Box vors Gesicht. C.J. verdrehte die Augen. Dann nahm sie mich hoch, hielt meinen Kopf an ihren und lächelte.

»Super«, sagte Trent. »Molly hat genau denselben Gesichtsausdruck wie auf dem Bild. Man merkt gleich, wie gut du sie getroffen hast.«

Trents Box machte ein leises Geräusch, und C.J. ließ mich wieder runter.

Mein Mädchen und Trent schlenderten ein wenig umher und schauten sich andere Wände an, während ich Beine und Füße beschnupperte und bemerkte, dass einige Leute Getränke oder Servietten in der Hand hielten. Hin und wieder fielen ihnen kleine Käsestücke oder Brotkrumen auf den Boden. Mit Freuden übernahm ich die Aufgabe, wieder sauberzumachen.

An der rückwärtigen Wand des Raumes stand ein Tisch, auf dem es noch mehr Essen gab. Ich wünschte,

C.J. würde dorthin gehen. Mit einem Blick versuchte ich herauszufinden, ob sie das vorhatte, da erstarrte sie plötzlich.

»Da drüben ist Sheryl«, flüsterte sie Trent zu.

Ihre Stimme klang angespannt. Ich schaute mich nach einer Gefahrenquelle um, von der ich wissen sollte.

»Und? Ich dachte, du magst sie«, erwiderte Trent leise.

»Tue ich ja. Aber was, wenn sie böse auf mich ist? Wegen der Sache mit Shane?«

»C.J., sei nicht albern. Sie hat sich beim Direktor für dich eingesetzt, oder nicht? Sie hat dein Bild in die Ausstellung gebracht. Wie kannst du nur glauben, dass sie sauer auf dich ist?«

»Ich weiß nicht«, sagte C.J. »Ich hab einfach …«

»Sie kommt rüber. Entspann dich. Alles im grünen Bereich.«

»Hallo, C.J.«, sagte eine vertraute Stimme. Das war Sheryl vom Kunsthaus. »Hallo, Molly.«

Ich wedelte wild mit dem Schwanz. »Oh, ähm«, murmelte C.J. und spielte mit der Leine in ihrer Hand. »Hi, Sheryl.«

»Wir haben dich im Malkurs vermisst«, sagte Sheryl. »Kommst du zurück, wenn du die Sozialstunden abgearbeitet hast?«

»Ich weiß noch nicht«, meinte C.J. verlegen.

Um meinem Mädchen Trost zu spenden, drückte ich mich gegen ihr Bein.

»Ich hoffe es«, sagte Sheryl freundlich. »Ohne dich macht der Kurs nur halb so viel Spaß. Und natürlich vermissen wir alle Molly!«

Sheryl ging in die Hocke, um mich zu streicheln. Ich spürte, wie C.J. sich langsam entspannte, und wedelte mit dem Schwanz, als Sheryl mir mit beiden Händen über die Ohren strich.

»Heute Abend bist du eine kleine Berühmtheit!«, sagte sie.

Ich roch Käse und Kräcker in ihrem Atem, aber da war noch etwas anderes, ein vertrauter Duft. Ich wusste, was zu tun war.

Ich legte mich mit gekreuzten Vorderpfoten hin und legte den Kopf darauf.

»Oh, wie süß«, rief Sheryl lächelnd.

C.J. schnappte entsetzt nach Luft.

Keiner dachte daran, mir ein Leckerli zu geben.

12

C.J. flüsterte an Sheryl gerichtet: »Entschuldigen Sie mich kurz.« Sie packte Trent am Arm und zog ihn mit sich. Weil ich ja immer noch an der Leine hing, musste auch ich mitkommen.

Aber das Glück war auf meiner Seite: Hier hatte jemand ein süßliches Getränk verschüttet, dass ich aufschlecken konnte, während C.J. leise auf Trent einredete.

»Willst du mich auf den Arm nehmen?«, fragte Trent.

»Nein, will ich nicht!«

»Du glaubst, sie hat Krebs? Und Molly kann das riechen? Wirklich?«

»Das ist mein Ernst, Trent. Bei Andis Experiment liegt Molly immer richtig.«

»Das ist verrückt. Tut mir leid. Ich meine nicht, dass *du* verrückt bist. Ich wollte nur sagen …« Trent schüttelte den Kopf. »Das Ganze ist einfach ziemlich abgefahren, oder nicht? Dass Molly so etwas kann.«

»Aber, Trent, was mache ich jetzt?«, wollte C.J. wissen.

Ich schaute auf. Mein Mädchen machte sich Sorgen. Das hörte ich an ihrer Stimme. Sogar ihr Geruch hatte sich verändert. Ein letztes Mal schleckte ich den klebrigen Boden ab, dann stupste ich C.J.s Hand an, um sie daran zu erinnern, dass alles in Ordnung war, solange wir zusammen waren.

C.J. streichelte mir den Kopf, nahm mich aber kaum wahr. Darum schubste ich weiter ihre Hand, die nach der kurzen Streicheleinheit wieder nutzlos an ihrer Seite hing.

»Soll ich es ihr sagen?«, fragte C.J.

»Na ja, das musst du«, erwiderte Trent.

»Aber hier? Jetzt? Wir sind bei einer Kunstausstellung. Alles ist voller Leute.«

»Sie muss es wissen, C.J. Und es ist ja nicht so, dass es für so eine Nachricht je den richtigen Zeitpunkt gibt.«

C.J. entspannte sich ein wenig. Sie stellte sich gerader hin.

»Du hast recht. Okay.« Sie nickte. »O nein. Schau nur, da drüben.«

»Was?«

»Sheryl spricht mit Gloria. Ich kann es nicht fassen. Von all den Leuten hier …«

»Ich komme mit, wenn du willst«, bot Trent an.

»Nein, warte hier auf mich, ja? Sheryl will vermutlich kein Publikum. Ich finde schon einen Weg, sie von Gloria loszueisen. Auf geht's, Molly.«

Ich blieb dicht an C.J.s Seite, als wir uns an den Menschen vorbei durch den Raum schoben. Selbst als jemand direkt vor mir einen Kräcker fallen ließ, brach ich nicht aus, um ihn zu fressen. Ich wusste, dass mein Mädchen mich brauchte.

Sheryl sprach gerade mit Gloria, als wir bei ihr ankamen. Gus stand mit einem Glas in der Hand neben den Frauen. »Sheryl?«, fragte C.J. nervös. »Kann ich mit Ihnen reden? Jetzt?«

Sheryl wirkte zwar überrascht, lächelte aber freundlich. »Natürlich. Wenn es wichtig ist«, sagte sie.

»Es geht um etwas recht Persönliches«, erklärte C.J.

»Persönlich?« Gloria richtete sich zu ihrer vollen Größe auf. »Ich bin deine Mutter, Clarity June. Willst du etwas vor mir verheimlichen?«

C.J. wand sich unbehaglich. Sheryl schaute abwechselnd sie und Gloria an. Gus runzelte die Stirn.

»Wir sind gleich zurück«, meinte Sheryl zu Gloria und

hakte sich bei C.J. unter. Wir liefen durch den Raum auf die Tür zu. Vielleicht gingen wir nach draußen! Ein Spaziergang würde mir auf jeden Fall besser gefallen, als in diesem Raum abzuhängen, auch wenn man hier immer wieder Fressen auf dem Boden fand.

Als wir vor der Tür ankamen, fing C.J. an zu sprechen. Sheryl hörte zu. Sie schüttelte den Kopf und wurde immer blasser. Mit einer Hand stützte sie sich am Türrahmen ab, wie um Halt zu finden.

»Ich weiß es nicht sicher, vielleicht irrt Molly sich«, sagte C.J. schnell. »Aber in den Experimenten lag sie nie falsch. Ich musste … Ich musste es Ihnen nur sagen. Sie sollten sofort zu einem Arzt gehen. Andi, sie ist die Hundetrainerin, sagt, dass die Früherkennung wirklich wichtig ist, das Wichtigste überhaupt.«

Sheryls Augen weiteten sich, und sie glitzerten feucht. »Meine Mutter – sie ist an Brustkrebs gestorben«, murmelte sie. Nun rannen ihr die Tränen über die Wangen.

»Es tut mir leid. Es tut mir wirklich leid, Sheryl«, sagte C.J. Auch sie klang, als könnte sie jeden Moment anfangen zu weinen.

Ich schaute zwischen den beiden hin und her. Sie wirkten besorgt und ängstlich. Und es sah nicht danach aus, als würden wir Gassi gehen. Ich fragte mich, wieso nicht. Bestimmt würde es uns allen bessergehen, wenn wir spazieren gingen.

»Ich muss … ich muss gehen«, sagte Sheryl. Noch mehr Tränen liefen ihr übers Gesicht. »Es tut mir leid, C.J., ich kann einfach nicht – ich muss weg. Jetzt.«

Unsicher, als würde sie schlecht sehen, schob Sheryl sich durch die Tür und verschwand.

Ich legte eine Pfote auf C.J.s Fuß, um ihre Aufmerksamkeit zu bekommen. Da hörte ich eine Stimme hinter uns.

»Was in aller Welt geht hier vor, Clarity?«

Das war Gloria. Und Gus stand direkt hinter ihr.

Mit geschürzten Lippen funkelte sie uns an. »Was hast du zu deiner Lehrerin gesagt?«, fragte sie mit leiser Stimme. »Was auch immer es war, du hast eindeutig eine Szene provoziert!«

C.J. rieb sich mit einer Hand das Gesicht. »Ich musste ihr etwas sagen, Gloria. Etwas Wichtiges.«

Ich entdeckte Trent, der sich seinen Weg zu uns bahnte.

»Das ist doch typisch für dich, Clarity«, drängte Gloria weiter. »Weil du meinst, etwas sei wichtig, muss das auch für alle anderen so sein. Aber es wird langsam Zeit, dass du erwachsen wirst und lernst, auch mal an die anderen zu denken. Dein Benehmen ist auch peinlich für mich.«

»C.J. *hat* an jemand anderen gedacht«, sagte Trent wütend, als er hinter Gloria und Gus angekommen war. »Sie wissen nicht, was passiert ist. C.J. hat das Richtige getan.«

»Ist schon gut, Trent«, sagte C.J. mit müder Stimme. »Du machst es nur noch schlimmer.«

Alle waren aufgebracht. Niemand aß etwas. Keiner streichelte mich. Nicht einmal die Wände schauten sie noch an. Stattdessen starrten viele Leute in unsere Richtung.

Ich würde wohl nie verstehen, warum Menschen so viel Zeit damit verbrachten, Worte zu erfinden, wenn diese Worte sie noch nicht einmal fröhlich stimmten.

Gus schaute Trent an. »Geh und schau dir die Bilder an, Junge.«

Störrisch schob Trent den Unterkiefer vor. Er sah aus wie Rocky, wenn er mich gleich umrennen wollte.

»Geh ruhig«, sagte C.J. leise an Trent gewandt. »Ist schon gut. Bitte.«

Trent atmete tief aus und marschierte davon. Aber nicht sehr weit. Mit den Händen in den Taschen wandte er sich einem Bild zu.

»Ich werde mich darum kümmern«, sagte Gus zu Gloria.

»Danke. Dann kann ich mir etwas zu trinken holen«, antwortete Gloria. Sie machte auf dem Absatz ihrer lauten Schuhe kehrt und lief zu den Tischen, wo das Essen stand.

In der Hoffnung, dass C.J. ihr folgen würde, schaute ich sie an.

Stattdessen packte Gus mein Mädchen am Arm und zog sie durch die Tür nach draußen.

C.J. war so überrascht, dass sie meine Leine fallen ließ. Das machte aber natürlich nichts, ich kam auch so mit. Gus warf die Tür so schnell wieder zu, dass er beinahe meinen Schwanz eingeklemmt hätte.

»Lass los!«, protestierte C.J.

Ich spürte, wie sich mir die Nackenhaare sträubten.

»Hör mal«, sagte Gus zu C.J. »Ich weiß zwar nicht, was hier los ist, aber eines weiß ich: Du wirst deiner Mutter in Zukunft mit mehr Respekt begegnen. Verstanden?«

C.J. zog und zerrte an ihrem Arm, um sich aus Gus' Griff zu befreien. »Du hast recht. Du weißt nicht, was los ist!«, rief sie wütend. »Also lass mich in Ruhe!«

Noch nie hatte ich jemanden gebissen. Bisher hatte ich auch niemanden mit Drohgebärden abschrecken müssen.

Klar, Rocky und ich knurrten beim Spielen, und natürlich musste ich bellen, wenn es an der Tür klingelte, aber gefährlich waren diese Situationen nicht. Dabei ging es nur darum, zu zeigen, dass ich ein erbitterter Feind sein *konnte*, wenn es sein musste.

Und jetzt musste es sein.

Instinktiv wusste ich, was zu tun war. Ich senkte den Kopf und spürte, wie meine Lippen sich kräuselten und meine Zähne freilegten. Langsam schritt ich auf Gus zu.

»Hey!« Gus ließ C.J.s Arm los, gerade als sich die Tür hinter uns öffnete.

»Clarity June, ich hoffe, du weißt dich jetzt zu benehmen«, sagte Gloria. Dann schnappte sie nach Luft. »Was geht hier vor?«

Gus wich vor mir zurück. C.J. ließ sich auf die Knie fallen und bekam mich zu fassen.

»Ist schon gut, Molly. Ist gut«, flüsterte sie.

Tränen glitzerten auf ihren Wangen. Ich leckte sie ab. Sie schmeckten salzig, hatten aber auch schwarze Schlieren auf ihre Backen gezeichnet, die ein bisschen komisch rochen. Aber sie war schon wieder ruhiger, und mein Nackenfell entspannte sich.

»Dieser Hund ist bösartig«, rief Gus aufgebracht. Er

stieg die Stufen hinunter auf den Gehweg. »Das war's. Ich bin hier fertig.«

»Gus!«, rief Gloria ihm hinterher. »Komm zurück!«

Den Befehl kannte ich. Ich schaute zu Gloria hoch, merkte aber gleich, dass sie nicht mich meinte. Sie betrachtete mich starr vor Schreck.

»Gloria, weißt du was.« C.J. hob den Kopf, den sie eben noch in meinem Fell vergraben hatte. »Molly hat …«

»Ich will nichts davon hören!«, sagte Gloria. »Wir gehen jetzt, Clarity. Ich hole das Auto.«

»Aber, Mom …«

»Kein Wort mehr!«

»Aber Trent! Wir müssen Trent holen! Sonst kommt er nicht heim!«

»Oh.« Gloria zögerte.

»Ich gehe schon.« C.J. stand auf.

»Ganz sicher nicht! Du siehst furchtbar aus. So kann ich dich nicht unter Leute lassen. Ich hole ihn. Du setzt dich schon ins Auto. Wir reden zu Hause.«

Gus fuhr nicht mit uns nach Hause. Im Auto war es totenstill. Ein paarmal öffnete Trent den Mund, aber C.J. bedeutete ihm mit einem Kopfschütteln zu schweigen, und so schloss er ihn wieder.

Vor seinem Haus stieg Trent aus. C.J., Gloria und ich fuhren weiter zu unserem.

»Dieser Hund«, sagte Gloria, sobald wir im Wohnzimmer standen, »ist gefährlich.«

»Molly ist nicht gefährlich!« C.J. schrie beinahe.

»Ich habe es mit eigenen Augen gesehen, Clarity! Sie wollte Gus beißen!«

»Nur um mich zu beschützen!«

»Dich beschützen?«, schnaubte Gloria. »Weshalb solltest du Schutz brauchen?«

»Er hat mich am Arm gepackt, Gloria! Er hat nicht mehr losgelassen!«

»Das ist lächerlich. Gus ist ein Gentleman. Außerdem will ich nicht über Gus reden, sondern über *diesen Hund.*«

Sie zeigte mit dem Finger auf mich. Sie war wütend, aber ich bemerkte auch Angst an ihr: Ihre Augen waren geweitet, und sie sprach eine Oktave höher als sonst.

Ich lief auf sie zu und suchte die Gefahrenquelle, die sie so aufbrachte. Auch Gloria würde ich im Notfall beschützen, das wollte ich ihr zeigen. Sie mochte mir nicht so nahestehen wie C.J. – sie war ja nicht mein Mädchen –, aber sie lebte mit uns in diesem Haus. Ich würde es nie zulassen, dass ihr jemand weh tat.

»Nimm den Hund weg von mir!«, kreischte Gloria.

C.J. hielt mich am Halsband fest. »Sie tut dir nichts, Gloria!«

»Schaff sie hier raus. Raus! Bring sie in den Garten, Clarity June. Sofort! Danach reden wir weiter!«

»Schon gut, okay«, sagte C.J. Das Halsband immer noch in der Hand, führte sie mich in den Garten. Vielleicht warf sie mir jetzt ein paar Bälle, oder wir tollten ein bisschen herum. Alles wäre besser als noch mehr von diesen wütenden, angsterfüllten Worten.

C.J. beugte sich zu mir herunter und legte beide Hände auf meinen Kopf. Sie gab mir einen Kuss.

»Keine Sorge, Molly«, flüsterte mein Mädchen. »Ich lasse nicht zu, dass sie dir etwas tut.«

Dann schlüpfte sie wieder ins Haus und schlug mir die Tür vor der Nase zu. Ich war so überrascht, dass ich mich ins Gras setzte und nicht einmal bellte.

Was war hier los? Warum ließ mich mein Mädchen allein im Garten?

Das war mir unbegreiflich. Ich spürte doch, dass C.J. mich brauchte. Sie war aufgewühlt, besorgt und verängstigt.

Vielleicht zerrte niemand mehr an ihrem Arm herum, aber da war noch etwas, das sie beunruhigte. Und ich sollte ihr zur Seite stehen. Mir ging auf, was jetzt zu tun war. Ich bellte, damit C.J. einsah, dass es ein Fehler gewesen war, mich hier draußen zu lassen. Dann wartete ich darauf, dass die Tür sich öffnete.

Sie blieb fest verschlossen.

Seltsam. Ich bellte wieder, so laut ich nur konnte. Dann kratzte ich an der Tür; vielleicht bekam ich sie allein auf. Sie rührte sich nicht.

Also bellte ich weiter.

Bestimmt würde C.J. mich verstehen. Sie würde kommen und mich holen. Die Zeit, in der sie mich in die Nische gesperrt hatte, war lange vorbei. Sie würde rauskommen. *Bald.*

Aber ich hatte mich geirrt. Es dauerte sehr lange, bis C.J. kam.

Es war schon dunkel, und auch die Lichter in den Häusern der Nachbarn waren erloschen, als sich die Tür – endlich! – öffnete.

»Molly«, flüsterte C.J.

Mit einem Satz war ich im Haus und hüpfte direkt auf C.J.s Schoß. Sie saß auf dem Küchenboden und hielt mich fest, während ich ihr wie wild das Gesicht abschleckte, damit sie merkte, wie lange sie fort gewesen war.

»Psst, Molly, psst«, wisperte C.J. »Leise, Molly, leise. Du musst leise sein.«

Diesen Befehl kannte ich noch. Auf C.J.s Schoß hockend schaute ich ihr bittend ins Gesicht. Bestimmt würden wir diese alte Geschichte nicht neu aufleben lassen, oder? Ich hatte gedacht, C.J. hätte diese Lektion gelernt!

Da hatte ich recht. Was für eine Erleichterung! C.J. hob mich hoch und trug mich die Treppe hinauf in ihr Zimmer. Sie bewegte sich langsam und vorsichtig, eine Stufe nach der anderen nehmend, und lief auf Zehenspitzen den Flur zu ihrem Zimmer hinunter.

Dort angekommen, steckte sie mich unter die Bettdecke. Weil ich spürte, dass mein Mädchen mich noch immer brauchte, rollte ich mich neben ihr zusammen. Sie vergrub eine Hand in meinem Fell. Ich blieb wach, bis ich spürte, wie sich ihr Körper entspannte und ihr Atem gleichmäßig und tief ging. Dann schlief auch ich ein, und zwar dort, wo ich hingehörte: an der Seite meines Mädchens.

13

Am nächsten Morgen weckte C. J. mich, als es noch still und dunkel im Haus war, und eilte mit mir die Treppe hinunter. Wieder führte sie mich in den Garten und brachte mir meine Wasserschüssel und meinen Futternapf. Dann ging sie ins Haus.

Ich bellte ein-, zweimal, damit sie zurückkam und mich holte. Aber dann musste ich mein Frühstück fressen, und danach war ich so satt, dass ich mich für ein Nickerchen auf dem Rasen zusammenrollte. Ich wachte auf, als C. J. mit ihrem Rucksack auf dem Rücken in den Garten eilte. Sie kniete sich hin und umarmte und küsste mich. »Mach dir keine Sorgen, Molly«, flüsterte sie. »Ich lasse mir etwas einfallen.« Dann rannte sie aus dem Tor und den Gehweg hinunter.

Ich wusste, dass C. J. in die Schule ging, wenn sie den Rucksack dabeihatte, und so bald nicht nach Hause kam. Ich beschloss, noch ein wenig zu schlafen.

Da schob sich die Tür einen Spaltbreit auf.

Es war zu früh, als dass C.J. schon zurück sein konnte. Überrascht schaute ich auf. Keine C.J. – Gloria stand im Türrahmen.

Sie hatte noch immer Angst, das spürte ich. Ich stand auf, schnupperte und suchte im Garten nach einer Gefahr, fand aber nichts.

»Willst du ein Stück Braten?«, wollte Gloria wissen.

Ich ging einen Schritt auf sie zu, hielt dann aber an. Zwar hörte ich die Frage in ihrer Stimme, war mir aber nicht sicher, ob ich in Schwierigkeiten steckte oder nicht.

»Hier«, sagte sie und warf etwas in die Wiese. Meine Schnauze zuckte, als mir ein köstlicher Duft in die Nase stieg – saftig, herzhaft und einfach wunderbar. Mit einem Satz war ich bei dem Stück Fleisch, das Gloria mir hingeschmissen hatte, und schlang es in zwei Bissen hinunter.

Herrlich!

Ich schaute wieder zu Gloria hoch. Mal sehen, wie sie reagierte, wenn ich mit dem Schwanz wedelte.

»Willst du noch was?«, fragte sie und warf mir ein zweites Stück hin.

Ich hüpfte hin und fraß auch das. Da musste ich aber ein braver Hund gewesen sein, dass ich gleich zwei Leckerlis bekam.

Dann zog Gloria die Tür wieder zu. Seufzend setzte ich mich hin. Gab es jetzt nichts mehr?

Vielleicht eine Minute später hörte ich Gloria aus dem Vorgarten rufen: »Juhu, Molly! Noch ein Leckerli, Hund?«

Das war mein Name! Und das Wort *Hund* kannte ich auch! Genau wie *Leckerli*! Ich eilte ans Gartentor und fand es geöffnet. Fröhlich trabte ich am Haus vorbei in den Vorgarten. Gloria stand in der Einfahrt.

»Leckerli«, sagte sie wieder. Ich wedelte noch fester mit dem Schwanz. Ein Stück Fleisch flog in meine Richtung. Dieses Mal war ich darauf vorbereitet und schnappte es aus der Luft. Das war ein tolles Spiel! Wenn es nach mir ginge, könnte es ewig so weitergehen.

Gloria zog die hintere Autotür auf. »Okay, komm nur rein, Hund. Leckerli?«

Ich glaubte zu verstehen, was sie da meinte. Irgendetwas mit Fressen und dem Auto. Vorsichtig schritt ich auf die geöffnete Tür zu. Gloria ließ zwei Fleischstücke in den Fußraum vor der Rückbank fallen, und ich kletterte hinterher. Die Tür hinter mir fiel ins Schloss, während ich fraß.

Gloria setzte sich nach vorne und startete den Motor. Wir fuhren davon.

Als ich aufgefressen hatte, hüpfte ich auf die Rückbank. Von vorne hörte ich ein nervöses kurzes Keuchen, und Gloria schaute sich nach mir um, konzentrierte sich aber schnell wieder auf die Straße. Ich starrte aus dem Fenster und wünschte mir, es wäre offen, damit ich meine Nase in den Spalt stecken und all die spannenden Gerüche, die vorbeirauschten, aufsaugen konnte. Aber das Fenster war zu, und am Glas zu schnuppern machte nun wirklich keinen Spaß. Außerdem war mein Bauch gut gefüllt, und es schien keine weiteren Leckerlis zu geben. Deshalb rollte ich mich für ein zweites Nickerchen an diesem Vormittag zusammen.

Als das Auto anhielt, wachte ich erholt auf. Ich stand auf und schüttelte mich, dass mein Halsband schepperte. Das Motorengeräusch erstarb. Es wurde still im Auto.

Dann drehte Gloria sich im Sitz herum, so dass ich ihr Gesicht sehen konnte. »Langsam jetzt«, sagte sie. »Ich hab dir Leckerlis gegeben, weißt du noch? Schön brav sein, Molly.«

Ich wedelte mit dem Schwanz, weil sie *Molly* und *Leckerli* gesagt hatte. Glorias Hände griffen durch die Vordersitze hindurch nach mir. Ich schnüffelte daran. Sie rochen immer noch gut, aber es war kein Fleisch mehr darin. Da hörte ich ein Klicken, und mein Halsband löste sich und landete auf dem Sitz vor mir.

Ich senkte den Kopf und beschnupperte es eingehend. Schließlich war es nicht leicht, daran zu riechen, wenn es an mir dranhing. Aber nur mein Duft hing daran, und der war nicht sonderlich interessant. Ich wusste ja schon, wie ich rieche.

Gloria stieg aus und öffnete mir die Tür. »Komm mit. Bei Fuß. Sei ein braver Hund. Nicht weglaufen«, sagte sie.

Ich wedelte mit dem Schwanz, weil ich ein braver Hund war, und hüpfte aus dem Auto.

Wir befanden uns auf einem Parkplatz. Überall roch es nach Hunden. Ich schaute mich um, entdeckte aber keinen der Hunde, die ihren Duft vor nicht allzu langer Zeit hier hinterlassen hatten.

Gloria lief auf das Gebäude zu. Ich folgte ihr. Der Hundegeruch wurde immer kräftiger. Der Geruch strahlte aber keine Freude aus. Ich roch Angst und Einsamkeit und Wut. Das machte mich nervös. Ich rückte ein Stück näher an Gloria heran. Sie beschleunigte ihre Schritte.

Zusammen eilten wir durch eine Tür. Gloria ließ sie hinter uns zufallen. Wir befanden uns in einem kleinen Raum mit einem Schreibtisch; hinter dem Tisch stand eine Tür offen. Ein gutes Dutzend Hunde bellte dahinter. Und der Geruch war hier drinnen sogar noch schlimmer. In der Hoffnung, dass wir bald nach Hause gingen, wich ich zur Eingangstür zurück. Womöglich wartete C.J. schon auf mich.

»Hallo? Hallo?«, rief Gloria.

Eine Frau trat durch die offene Tür. Sie lächelte. »Ja? Wie kann ich Ihnen helfen?«

»Ich habe diesen armen, herrenlosen Hund auf der Straße gefunden«, sagte Gloria. »Keine Ahnung, wie lange er schon so lebt, einsam und weit, weit weg von seiner Familie. Kann man hier streunende Hunde abgeben?«

Gloria und die Frau sprachen ein paar Minuten lang, dann ging Gloria. Schwungvoll warf sie die Tür hinter sich zu.

Verdutzt schaute ich ihr hinterher. Gloria war zwar nicht C.J. – sie war nicht mein Mädchen –, aber irgendwie hatte ich das Gefühl, dass sie mich hätte mitnehmen müssen. Ich lief zur Tür und bellte einmal. Vielleicht hatte sie mich nur vergessen? Kam sie zurück und machte mir die Tür auf?

Die neue Frau stellte sich neben mich und bot mir ihre Hand zum Beschnuppern an. Sie roch nach Seife und anderen Hunden. Rasch schnüffelte ich daran und schleckte sie ab, nur um höflich zu sein, aber im Grunde interessierte sie mich nicht. Ich wollte, dass Gloria zurückkam und mich nach Hause brachte.

Die Frau legte mir ein neues Halsband um. »Komm mit, Mädel«, sagte sie.

Sie ging los. Ich blieb bei der Tür.

»Na komm«, sagte sie wieder und griff nach meinem neuen Halsband und zog daran. Da kam mir der Gedanke, dass ich mit ihr mitgehen sollte. Die Situation mochte verwirrend sein, trotzdem wollte ich mich gut benehmen. Ich folgte ihr durch die offene Tür.

Der Ort, an den sie mich führte, erinnerte mich ein wenig an den Raum, in dem C. J. und ich oft mit Andi gespielt hatten. Auch hier waren Zwinger und jede Menge Hunde. Nur Menschen zum Beschnuppern gab es nicht. Und auch keine Andi. Und keine C. J.

Die Frau brachte mich in einen Zwinger mit Betonfußboden. Dann schloss sie die Tür und ging.

Verblüfft starrte ich ihr hinterher. Was war hier denn los?

Irgendwie hatte irgendjemand einen schlimmen Fehler gemacht. Da war ich mir sicher.

In meinem Zwinger stand eine Holzkiste mit Eingang

und Dach. Ich steckte den Kopf hinein, nur um nachzusehen, was das war. Ein Stück Teppich lag auf dem Boden der Kiste, und offensichtlich hatten hier schon einige Hunde vor mir geschlafen.

Keiner davon war fröhlich gewesen.

Ich zog den Kopf wieder aus der Kiste und schaute mich um. Überall bellten Hunde. Kleine Hunde jaulten. Die großen blafften. Der Zwinger rechts von mir stand leer, im linken war ein großer Hund mit hellem Fell und langen Schlappohren. Er lag auf dem Betonboden und hob gelegentlich den Kopf, um dem Krawall ein Bellen beizusteuern.

Auch ich bellte ein bisschen. Ich konnte nicht anders. Aber es kam niemand, um mich aus dem Käfig zu befreien.

Keinen der Hunde ließ man raus. Weiterbellen mussten wir trotzdem, damit die Menschen wussten, was sie eigentlich zu tun hatten.

Schließlich entfaltete all der Lärm doch noch seine Wirkung. Die Frau, die mich in den Zwinger gesperrt hatte, kam zurück. Hektisch mit dem Schwanz wedelnd eilte ich ihr entgegen, und zu meinem Entzücken öffnete sie auch meine Tür.

Gott sei Dank, sie würde mich rauslassen. Hier gefiel

es mir gar nicht. Es war laut, der Betonboden war kalt, und ich wollte bei C. J. sein. Wenn ich schon nicht mit ihr spielen und ihre Hände in meinem Fell spüren konnte, dann wollte ich mich zumindest in ihrem Bett zusammenrollen und auf sie warten. Dort konnte ich an den Laken schnuppern, die nach ihr rochen, bis sie von der Schule zurückkam.

Aber die Frau schien nicht zu verstehen, dass ich zu Hause bei meinem Mädchen sein sollte. Mit ihrem Körper blockierte sie mir geschickt den Weg in die Freiheit. Dann stellte sie mir einen Futternapf und eine Wasserschüssel in den Zwinger. Sie streckte die Hände nach mir aus, streichelte mich sanft, aber hinaus ließ sie mich nicht. Schließlich schob sie die Tür wieder zu.

Ich schnupperte an dem Futter, aber ich hatte keinen Hunger. Gefrühstückt hatte ich schon heute Morgen im Garten und dazu noch Fleisch von Gloria bekommen. Außerdem vermisste ich C. J. so sehr, dass an Fressen gar nicht zu denken war.

Ich ertappte mich dabei, wie ich durch den Zwinger tigerte und leise winselte. Dann kroch ich in die Kiste mit dem Teppich und versuchte zu schlafen, aber das war unmöglich.

Das Bellen, das von den Wänden widerhallte, war

voller Angst. Auch Wut lag darin, ein bisschen Trauer, etwas Schmerz. Mein Bellen barg die flehentliche Bitte, aus dem Käfig gelassen zu werden, laufen und spielen zu dürfen, mein Mädchen wiederzubekommen.

Stunden vergingen. C.J. hatte mich immer noch nicht abgeholt. Einmal brachte die Frau mir frisches Wasser. Dann gingen die Lichter aus. Manche Hunde schliefen, aber ich nicht, zumindest nicht viel. Ich konnte einfach nicht. Immer hatte ich das Bild vor Augen, wie ich am Fußende von C.J.s Bett lag. Ich sehnte mich nach der Berührung ihrer Hände, nach dem vertrauten, wundervollen Geruch ihrer Haut.

Am nächsten Morgen brachte mir ein Mann frisches Futter. Ich fraß ein paar Bissen, während er mich durch die Gitterstäbe hindurch beobachtete. Dann machte er wieder die Tür auf.

Aufmerksam schaute ich zu ihm hoch und spannte die Muskeln an, bereit loszustarten. Aber er versperrte mir den Ausgang, genau wie die Frau gestern. Dann hakte er eine Leine an mein Halsband.

Als Nächstes – und mein Herz hüpfte vor Freude – hielt er mir die Zwingertür auf.

Ich stürzte nach draußen und versuchte loszurennen, aber die Leine hielt mich zurück. Der Druck am Hals war mir egal. Ich zog so heftig an der Leine, dass ich den Mann beinahe durch den Flur schleifte. Die anderen Hunde konnten gar nicht mehr aufhören zu bellen.

Der Mann brachte mich in einen kleinen Raum, wo eine Frau auf uns wartete. Sie hob mich auf einen glatten Metalltisch, so wie C.J. es immer tat, wenn wir bei Dr. Marty waren. Wenn C.J. dabei war, machte mir ein Besuch beim Tierarzt nicht besonders viel aus, aber hier war alles seltsam und neu. Ich hielt Ohren und Schwanz gesenkt, damit allen klar war, dass ich keine Gefahr darstellte, und niemand mir weh tat. Und vielleicht verstand die Frau mich, denn sie redete leise und freundlich auf mich ein.

Dann hielt der Mann mich an beiden Backen fest, sodass ich mich nicht bewegen konnte. Die Frau nahm einen Stab und bewegte ihn an meinem Kopf entlang. War das ein Kauspielzeug? Ich wusste es nicht. Ich konnte einfach keinen guten Blick erhaschen, weil der Mann mich noch immer fest im Griff hatte.

»Treffer«, sagte die Frau.

»Wusste ich's doch, dass sie gechipt ist. Sie ist viel zu gepflegt für einen Streuner«, sagte der Mann.

Dann hob er mich vom Tisch und brachte mich zurück in den Zwinger.

Der Zwinger! Ich konnte es nicht fassen. Hatte ich doch geglaubt, diese Leute hätten endlich kapiert, dass dieser Käfig kein Ort für mich war. Und dann sperrten sie mich direkt wieder ein! Ich war so enttäuscht, dass ich nicht einmal mehr die paar Schritte bis zu der Kiste mit dem Teppich laufen wollte. Mit einem Stöhnen ließ ich mich auf den Betonboden sinken. Eine Weile knabberte ich an einer Ecke der Hundehütte, aber auch das konnte meine Laune nicht heben.

Ein paar Stunden später kam der Mann zurück. »Hallo, Molly«, sagte er von der Zwingertür aus.

Er hatte meinen Namen gesagt. Meinen Namen! Allein dadurch fühlte ich mich C. J. näher. Immerhin war sie es, die meinen Namen am häufigsten und liebevollsten sagte. Schwanzwedelnd setzte ich mich auf.

Er öffnete die Tür. Als ich zu ihm rannte, legte er mir eine Leine an. »Komm mit, Mädel. Da ist jemand, der dich sehen will.«

Der Mann führte mich den Flur entlang, vorbei an den fieberhaft bellenden Hunden. Kaum hatte er die Tür am Ende geöffnet, stieg mir der Geruch in die Nase, den ich auf dieser Welt am meisten liebte. C. J. war endlich hier!

Ich bretterte in den kleinen Raum, in dem Gloria mich zurückgelassen hatte, so dass dem Mann die Leine glatt aus der Hand rutschte. Mein Mädchen! Mein Mädchen war da! Sie stand an der Eingangstür. Ich stürzte mich auf sie, und C.J. kniete sich hin und schlang die Arme um mich.

»Molly. Molly. Ach, Molly«, sagte sie.

Ich schleckte ihr Gesicht ab und entzog mich ihrer Umarmung. Eigentlich hätte ich mich ewig an sie schmiegen können, aber gleichzeitig war ich so aufgeregt, dass ich einfach rennen musste.

Die Leine hinter mir herziehend flitzte ich um C.J. herum und wickelte sie darin ein. Meine Erleichterung und Freude kam in kleinen jammernden Bellauten heraus. C.J. lachte und wischte sich das Gesicht ab. »Guter Hund, Molly. Sitz. Mach nur Sitz.«

Ich tippte mit dem Hinterteil auf den Boden, dann hüpfte ich zurück auf C.J.s Schoß.

Sie musste noch mehr lachen. »Nein, Molly, ist gut. Mach Sitz. Molly, Sitz.«

Widerwillig kletterte ich von ihrem Schoß und setzte mich hin. Sie stand auf, und ich rutschte im Sitzen auf sie zu, so dass ich auf ihren Füßen hockte, während sie mit dem Mann redete.

»Ich hab mir solche Sorgen gemacht«, sagte sie. »Das Gartentor stand offen. Aber ich bin mir sicher, dass ich es geschlossen habe, bevor ich zur Schule gegangen bin, aber als ich zurückkam, war es offen.«

»Gut, dass du sie gechipt hast«, sagte der Mann. »Die Frau, die sie gefunden hat, meinte, sie wäre einfach die Straße entlanggelaufen.

»Das sieht Molly gar nicht ähnlich«, sagte C.J. und schüttelte den Kopf. »Ich wünschte, ich wüsste, was passiert ist. Warten Sie, was für eine Frau?«

»Die Dame, die sie gefunden und hergebracht hat«, erklärte der Mann. »Ziemlich reich.«

»Reich?«, fragte C.J.

»Na ja, du weißt schon. Neues Auto, teure Kleider. Viel Parfüm. Gut frisiert. Man merkt es eben, wenn jemand Geld hat.«

»Blondes Haar?«, fragte C.J. langsam.

»Ja.«

C.J. holte etwas aus ihrer Tasche. Mein Kopf fuhr hoch, vielleicht war das ja ein Hundekeks. Aber sie hielt nur einen flachen Beutel in der Hand, der nach Metall und Plastik roch. Nichts Besonderes.

»War das die Frau?«, wollte C.J. wissen.

Der Mann schaute den Beutel an. »Ja, genau. Das ist sie. Kennst du sie?«

C.J. steckte den Beutel wieder in ihre Tasche. »Ja«, erwiderte sie knapp. Ihre Freude von eben war verfolgen, was mir ziemlich seltsam vorkam, immerhin waren wir endlich wieder vereint.

Sie und der Mann sprachen noch kurz miteinander, dann gingen wir auf den Parkplatz. Kaum waren wir draußen, ging C.J. in die Hocke und nahm mich in die Arme.

Eifrig schleckte ich ihr Gesicht ab.

»Ach, Molly«, flüsterte sie. »Mein kleiner Spudel-Pudel. Ich hatte schon Angst, dir wäre etwas Furchtbares passiert.«

Sie schien traurig zu sein, also drückte ich mich fest an sie, um ihr zu versichern, dass jetzt alles in Ordnung war. »Es tut mir so leid«, sagte sie. »Dass sie so etwas tun würde, hätte ich nicht gedacht.«

C.J. und ich liefen ein Stück die Straße hinunter, dann blieben wir stehen, als ob wir auf etwas warteten. Schließlich kam ein riesiges Auto pfeifend und quietschend vor uns zum Stehen. Eine Tür ging auf, und C.J. sprach kurz mit dem Fahrer.

»Nein, sie ist kein Assistenzhund, aber sie ist sehr brav«, sagte C.J. »Sie ist wirklich brav. Und sie kann auf meinem Schoß sitzen. Bitte, lassen Sie uns einsteigen; ich muss sie nach Hause bringen.«

Als das Gespräch beendet war, trug C.J. mich ein paar Stufen hinauf in einen Gang, der von Sitzen gesäumt war. Ich nahm auf ihrem Schoß Platz und schaute aus dem Fenster. C.J. kippte es für mich, so dass ich die Nase in den Spalt halten und so viel schnüffeln konnte, wie ich wollte.

Wieder zu Hause, fütterte C.J. mich. Fröhlich schlang ich alles hinunter, auch wenn ich schon im Zwinger einen Napf voll gefressen hatte. Dann machten wir es uns auf der Couch im Wohnzimmer bequem. War das schön, meiner C.J. wieder nahe zu sein, sie zu riechen, ihre Wärme zu spüren. Und mich vom Kopf bis zur Schwanzspitze durchmassieren zu lassen.

Aber C.J. war nicht glücklich. Über irgendetwas machte sie sich Sorgen. »Ach, Molly«, flüsterte sie immer wieder. »Was soll ich bloß machen?«

Dann wedelte ich und schleckte sie ab, wo ich gerade herankam.

Nach einer Weile hörte ich das Kratzen eines Schlüssels im Schloss der Haustür. Normalerweise war es mein Job, zur Tür zu rennen, wenn sie aufging, aber heute wollte ich C.J.s Schoß einfach nicht verlassen.

Gloria kam ins Wohnzimmer und blieb wie angewurzelt stehen, als ihr Blick auf C.J. und mich fiel. Der

Geldbeutel rutschte ihr aus der Hand und fiel auf den Boden.

»Das Tierheim hat angerufen«, sagte C.J. Sie drückte mich fest an sich und schaute ihrer Mutter herausfordernd ins Gesicht. »Sie haben Mollys Microchip ausgelesen. Ich habe sie gerade abgeholt.«

Gloria antwortete nicht.

»Ich weiß, was du getan hast, Gloria. Ich weiß, was du getan hast!«, schrie C.J. »Wie konntest du nur?«

Danach ging das Geschrei erst richtig los. Schließlich schob C.J. mich von ihrem Schoß und stand auf. Auch ich hüpfte von der Couch und drückte mich gegen ihr Bein. Gloria wich zurück.

»Dieser Hund kommt mir nicht mehr ins Haus. Nie wieder! Er ist gefährlich!«, beharrte Gloria.

C.J. wurde still. Ohne ein Wort zu sagen, starrte sie ihre Mutter an. Ich schaute zwischen den beiden hin und her und gähnte vor Anspannung.

»Hast du mich verstanden, Clarity June? Das ist mein Haus, und dieser Hund hat hier nichts verloren!«

»Gut«, sagte C.J. leise.

Zwar schrie sie nicht mehr, aber ich konnte spüren, dass ihr weiterhin Adrenalin durch die Adern jagte.

»Lass uns nur noch diesen Tag.« Sie setzte sich wieder zu mir und zog mich an sich. »Nur noch einen Tag. Dann, verspreche ich dir, wirst du Molly nie wiedersehen.«

14

Am nächsten Morgen fütterte C. J. mich wieder im Garten. Dann eilte sie ins Haus. Als sie zurückkam, hatte sie, fertig für die Schule, den Rucksack umgeschnallt. Schon wieder.

Dieses Mal war der Rucksack größer als sonst, und an ihrem Gang erkannte ich, dass er ihr schwer auf den Schultern lastete. Und dann passierte etwas Großartiges.

»Komm, Molly«, flüsterte C. J. »Aber sei leise.«

Sie hakte die Leine an mein Halsband und führte mich aus dem Tor in den Vorgarten und dann den Bürgersteig hinunter.

Ich begleitete mein Mädchen in die Schule!

Meine Freude war so groß, dass ich am anderen Ende der Leine herumsprang und -hüpfte. C. J. sagte immer wieder »Psst«, was wohl hieß, dass auch sie glücklich war. Wir waren zusammen! Und wie toll das Gras roch! Und da war ein Eichhörnchen auf dem Ast, das ich anbellen konnte!

»Leise sein, Molly!«, befahl C. J. und zog mich um eine Ecke.

Erst da schien sie sich zu entspannen, wir liefen langsamer, und ich durfte so viel schnüffeln, wie ich wollte.

Wir besuchten einen Hund namens Zeke und die Katze Annabelle. Sie lebten in einem Haus mit einem schönen, großen Garten, und Zeke, ein kleiner schwarzer Rüde mit kurzen Beinen, liebte es, durch die Wiese zu fetzen und unter Büschen hindurchzutauchen. Natürlich jagte ich ihm hinterher. Wenn ich mich hechelnd ins Gras schmiss, lief er zu mir, verbeugte sich und reckte das Hinterteil in die Luft, und sein drahtiger, kurzer Schwanz peitschte hin und her. Also musste ich ihn weiter jagen.

Das war klasse!

Annabelle verbrachte die meiste Zeit im Haus, aber manchmal kam sie raus und balancierte auf dem Zaun. Das fand ich ganz schön unfair, weil Zeke und ich das nicht konnten. Als wir uns zum ersten Mal begegneten, schnupperte sie mich an. Ihr Mundgeruch gefiel mir, er duftete nach Fisch. Also schleckte ich ihr das Gesicht vom Kinn bis zu den Ohren ab.

Annabelle zog den Kopf weg, wandte sich um und stolzierte langsam und mit hocherhobenem Schwanz davon. Das machte aber nichts. Wenn sie spielen wollte, konnte sie ja jederzeit zu Zeke und mir in den Garten kommen.

Auch ein Mädchen namens Trish lebte im Haus. Sie war wirklich gut im Bauchkraulen. Ihre Eltern wohnten ebenfalls hier.

Wir blieben zwei Tage bei Zeke und Annabelle, dann ging es in ein neues Haus. Hier gab es weder Hunde noch Katzen. Im Haus danach gab es einen alten Hund, der die meiste Zeit schlief, und einen jungen Hund, der mich nicht an seine Spielsachen ließ.

In jedem Haus wohnte ein Mädchen in C.J.s Alter. Und noch ein paar Leute.

Es war toll, all die neuen Hunde kennenzulernen! Auch die Menschen waren für gewöhnlich nett. Und es gefiel mir, dass C.J. oft auf dem Boden und in einer Art Sack aus glattem, knisterndem Stoff schlief, in dem man sich super verkriechen konnte. So war es auch ganz einfach, neben ihr zu schlafen. Kein Problem mehr mit dem Ins-Bett-Hüpfen. Nur im Kreis drehen, bis der Sack schön platt getreten war, und mit einem zufriedenen Seufzen an C.J.s Seite zusammenrollen.

Ich liebte unser neues Leben. Aber manchmal vermisste ich Trent und Rocky und fragte mich, ob wir ihnen nicht bald einen Besuch abstatten würden.

Eines Tages verstaute C. J. all ihre Sachen im Rucksack, und es ging zu einem neuen Haus. Hier gab es einen Jungen, der kleiner als C. J. war und dessen Hände nach den beiden Ratten rochen, die er in einem Käfig in seinem Zimmer hielt. Er schloss mich sofort ins Herz, was ich natürlich nachvollziehen konnte. Einen eigenen Hund hatte er nicht, und Ratten sind einfach nicht dasselbe. Nicht einmal, wenn man zwei davon hat.

Der Junge hieß Del, und wir spielten oft Tauziehen und Hol-den-Ball im Vorgarten. Manchmal schaute C. J. uns zu, manchmal blieb sie im Haus und redete mit einem Mädchen, das sie Emily nannte.

Dieses Haus war gut. Besonders gefiel es mir unter dem großen Esstisch. Dort lernte ich bald, mich so hinzulegen, dass mein Hinterteil bei C. J.s Füßen war und mein Kopf bei Del, weil ihm immer die schönsten Leckerbissen auf den Boden fielen: Butterbrotstückchen, weiche Spaghetti-Fäden, knusprige Hühnerhaut und einmal sogar eine kleine, runde Tomate.

Wir hatten schon drei Tage hier verbracht, und ich lag an meinem Lieblingsplatz unter dem Tisch und schleckte gerade ein Stück Braten ab, das eben auf den Boden gepurzelt war, als C. J. ihren Stuhl zurückschob. »Entschuldigt mich kurz«, sagte sie und verließ das Zimmer.

Ich war noch mit dem Braten beschäftigt und konnte ihr nicht hinterherlaufen. Vermutlich kam sie ohnehin gleich zurück. Wer würde schon so köstlich duftendes Essen lange unbeaufsichtigt lassen?

»Emily. Wie lange will sie denn bleiben?«, fragte Emilys Mutter.

»Ich weiß nicht, Mom. Aber sie kann gerade nicht nach Hause.«

Stille legte sich über den Tisch. Ich schleckte Dels Knöchel ab, damit er mich nicht vergaß. Er kicherte.

»Was ich sagen will«, meinte Emilys Mutter leiser, »ich weiß ja, dass C.J. eine schwierige häusliche Situation hat, aber …«

»Sie kann nicht hier wohnen«, unterbrach der Vater sie.

»Tut sie doch nicht! Es ist nur für eine Weile!«, erwiderte Emily.

»Ich mag sie«, piepste Del.

»Hierbei geht es nicht ums Mögen, mein Junge. Sondern darum, was richtig ist«, erklärte der Vater.

»Und Molly«, fügte Del hinzu. Ich wedelte mit dem Schwanz und spitzte die Ohren, weil C.J.s Schritte sich wieder näherten.

»Es geht auch nicht um Molly«, sagte die Mutter mit

einem Seufzen. »Ich mag sie auch. Und ich mag C.J. Aber das ist nicht ihr Zuhause.«

Keiner klang mehr fröhlich, was ich überhaupt nicht verstehen konnte. Sie waren doch alle oben am Tisch bei dem tollen Essen. Wie konnte man sich da Sorgen machen oder gar traurig sein?

»Kein Problem«, hörte ich C.J.s fröhliche Stimme von der Tür. »Gerade … Also, meine Tante hat sich eben bei mir gemeldet. Ich kann bei ihr bleiben.« Sie zog sich den Stuhl her und setzte sich. »Könnte ich die Kartoffeln haben, bitte?«, fragte sie.

»Deine Tante?«, fragte Emily. »Ich wusste gar nicht, dass du eine Tante hast.«

»Oh, ’tschuldigung«, rief C.J., als ein großer Kleks Kartoffelbrei auf dem Boden landete.

Sofort stürzte ich mich darauf, um die Leckerei aufzufressen. Derweil setzte C.J. wieder zu sprechen an. »Ich hole Küchenpapier. Tut mir leid. Kein Problem, ich mach das schon.« Ihr Stuhl rutschte zurück, und sie lief aus dem Zimmer, kam aber gleich wieder zurück. Dann ließ sie sich neben mir auf die Knie fallen und rubbelte mit einem Bausch Papiertücher über den feuchten Fleck, den meine Zunge auf dem Boden hinterlassen hatte.

Als alles aufgegessen war und die Teller und Schüsseln

in die Küche getragen wurden, verkrümelte C.J. sich in das Zimmer, wo sie gewöhnlich mit Emily schlief. Obwohl es in der Küche immer noch phantastisch roch, war mir klar, dass mein Mädchen mich brauchte. Ich folgte ihr.

Es standen zwei Betten in dem Zimmer. C.J. ließ sich auf eins davon fallen. Ich hüpfte hinterher, und sie hielt mich fest, bis ihre Trauer allmählich nachließ.

C.J. aufzumuntern war meine wichtigste Aufgabe. Ich wünschte mir nur, dass ich noch besser darin wäre. Manchmal fühlte es sich an, als wäre ihre Trauer so tief in ihr eingebettet, dass sie nie wieder fortging.

Am nächsten Morgen schnallten Del, Emily und C.J. sich ihre Rucksäcke um. Die Mutter steckte ihren Geldbeutel ein, und der Vater nahm einen Aktenkoffer. Dann gingen alle in die Schule und ließen mich allein im Garten zurück.

C.J. hatte mir den Futternapf und die Wasserschüssel nach draußen gestellt, also hatte ich genug zu fressen, aber ich vermisste mein Mädchen. Als sie endlich zurückkam, war ich so froh, dass ich im Kreis um sie herumhüpfte und -tänzelte.

Sie hatte meine Leine dabei, was hieß, dass wir einen Spaziergang machten! Wie aufregend! »Okay, Molly.

Langsam, Kleine«, sagte sie und hielt mich fest, damit sie die Leine an meinem Halsband einhaken konnte. Dann führte sie mich in den Vorgarten.

Sie hatte immer noch den Rucksack auf dem Rücken. Und er war wieder voll und schwer, wie damals, als wir Zeke und Annabelle besucht hatten.

Del kam nach draußen, um mich zu streicheln. »Auf Wiedersehen, Molly«, sagte er. Er war traurig.

»Soll ich dich begleiten?«, fragte Emily. Sie stand vor der Tür.

»Nein!«, sagte C.J. schnell. »Ich meine, nicht nötig. Meine Tante will mich vorne an der Ecke abholen. Sie muss jede Minute da sein.«

Emilys Tonfall klang besorgt. »Sicher, dass du nicht warten willst, bis Mom und Dad von der Arbeit nach Hause kommen?«

»Ich kann nicht«, erklärte C.J. bestimmt. »Aber sag ihnen danke von mir. Wirklich, Emily, das meine ich ernst. Es war echt super nett von ihnen, dass ich so lange bleiben durfte.«

»Okay. Wir sehen uns in der Schule?«, fragte Emily.

»Klar. Bis dann, Em! Tschüs, Del!«, rief C.J. »Molly, los, komm.«

Ein letztes Mal schleckte ich Dels Gesicht ab, dann

eilte ich hinter C. J. her. Wie toll, Gassi gehen mit meinem Mädchen!

Wir kamen an die Ecke, und C. J. zog an meiner Leine. »Los, Molly. Sie wartet schon!«, rief sie laut.

Dann bogen wir in eine neue Straße, und C. J. verlangsamte ihre Schritte.

Langsame Spaziergänge mochte ich am liebsten, denn dann hatte ich genug Zeit, meine Nase in jedes Grasbüschel zu stecken und zu überprüfen, wer hier vor mir gewesen war. Andere Hunde? Katzen? Hasen? Eichhörnchen? Waschbären? Opossums? War das alles interessant! Dann gab es da noch Ameisen, die man beobachten konnte, während sie aus ihren kleinen Dreckhügeln krabbelten. Ein paar Grillen schwirrten vor mir in die Luft, und ich schnappte nach ihnen, erwischte aber keine.

Der perfekte Spaziergang.

Ein paar Häuserblocks weiter kamen wir an einen kleinen Park mit ein paar Bänken und einer Schaukel. Schwerfällig ließ C. J. sich auf einer Bank nieder und ließ den Rucksack von ihren Schultern gleiten.

»Ach, Molly«, sagte sie. »Was machen wir jetzt?«

Ich setzte mich zu ihren Füßen hin und schaute sie ratlos an. Wir waren zusammen, draußen unterwegs, die

Sonne schien. Wie konnte mein Mädchen da traurig sein? Ich lehnte mich gegen ihr Bein, und sie beugte sich vor, um mir die Ohren zu kraulen.

»Ich wünschte, wir könnten einfach zu Trent gehen«, sagte sie leise. »Aber da würde Gloria uns sofort finden.« Sie seufzte.

Ich schleckte ihr die Nase ab.

Wir saßen noch eine Weile da, dann kamen ein paar kleinere Kinder zum Schaukeln. Ihre Mutter setzte sich neben C.J. auf die Bank. »So ein netter Hund«, sagte sie mit einem freundlichen Lächeln und streichelte mich.

Ihre Hände rochen nach Käse, Salz und Kräckern. Ich schleckte sie ab.

»Danke«, sagte C.J. Sie stand auf und schulterte den Rucksack. Wir verließen den Park.

Was dann folgte, war der längste Spaziergang, den C.J. und ich je unternommen hatten. Wir gingen einfach nicht zurück zu Emily und Del. Oder in unser Zuhause, zu Trent oder Andi. Wir gingen nirgendwohin.

Nach einer Weile war ich sogar zu müde, um an Grasbüscheln zu schnüffeln oder zu überprüfen, was unter den Hecken passierte, an denen wir vorbeikamen.

Ich setzte mich hin und schaute C.J. hoffnungsvoll an. War es nicht an der Zeit, nach Hause zu gehen?

»Ach, Molly«, meinte C.J. erschöpft. Auch sie setzte sich, den Rücken gegen einen Baumstamm gelehnt.

Mit einem langen Seufzen streckte ich mich aus.

Sie kramte in ihrem Rucksack herum und zog etwas heraus. »Hier, Molly«, sagte sie leise. »Ich hab uns was vom Mittagessen aufgehoben.« Sie riss ein halbes Brötchen in zwei Hälften und gab mir die eine. Brot und Fleischwurst! Ich schlang es hinunter. Auch ein paar salzige Brezeln bot sie mir an. Dann nahm sie sich eine Banane.

»Igitt«, stöhnte sie, als sie die Frucht betrachtete. Auf der Schale waren einige braune Stellen zu sehen, außerdem schien sie etwas zermatscht zu sein. Trotzdem schälte C.J. die Banane, aß mit großen Bissen und warf die Schale unter einen Busch.

Dann holte sie eine Flasche aus dem Rucksack und goss sich etwas Wasser in die hohle Hand, das ich gierig aufschlabberte. Sie nahm auch ein paar Schlucke. Anschließend schraubte sie den Deckel auf die Flasche und verstaute sie wieder im Rucksack.

»Das heben wir für morgen auf«, erklärte sie und zog mich für eine Umarmung auf ihren Schoß. Hechelnd machte ich es mir darauf bequem. Die paar Brocken hatten meinen Hunger zwar gedämpft, aber voll war mein

Magen noch lange nicht. Ich hoffte, dass wir bald in ein Haus kamen, wo eine Wasserschüssel und ein gefüllter Futternapf auf mich warteten.

Ein Mann in Jeans und knöchelhohen Tennisschuhen lief an uns vorbei. »Hey«, sagte er, als er C.J. und mich da so sitzen sah. »Alles klar bei euch?«

Seine Stimme klang freundlich. Ich wedelte mit dem Schwanz.

»Alles in Ordnung«, sagte C.J. Sie drückte mich fester an sich. »Mein Dad holt mich ab. Er muss jede Minute hier sein.«

»Okay, cool«, erwiderte der Mann. Dann lief er weiter.

C.J. entfuhr ein Seufzen, das fast schon ein Ächzen war. Sie griff wieder in den Rucksack und zog einen Pullover hervor, den sie sich über den Kopf zog. Dann stand sie mühsam auf. »Los, Molly«, sagte sie.

Ihre Stimme klang so müde, wie ich mich fühlte.

Wir liefen weiter, noch langsamer als eben schon. Das Sonnenlicht schwand nach und nach, und mit ihm stahl sich die Wärme aus der Luft. Es wurde frisch.

Wann würde C.J. endlich merken, dass es Zeit war, nach Hause zu gehen?

15

Plötzlich blieb C. J. stehen. »Da, Molly. Siehst du das?«, fragte sie.

Sogar mein Schwanz fühlte sich müde an, trotzdem sah ich zu ihr hoch und wedelte, als sie meinen Namen sagte. Aber sie schaute mich gar nicht an. Ihr Blick klebte an einem Haus auf der anderen Straßenseite.

»Komm mit, Molly«, sagte sie. Wir rannten hinüber.

Vielleicht besuchten wir ja einen neuen Hund. Sogar über eine Katze hätte ich mich gefreut. Wir liefen aber nicht zur Haustür. Stattdessen führte C. J. mich die Einfahrt hinauf. Das Garagentor stand offen.

C. J. machte wieder dieses *Psst*-Geräusch. Dann gingen wir hinein.

Hier gab es ein Auto, ein paar große Plastikmülltonnen, einen Rasenmäher, und an einer Wand stapelten sich Pappkartons. C. J. eilte zu den Kartons und setzte sich daneben hin, mit einem Tätscheln auf den Boden bedeutete sie mir, es ihr nachzutun. Der Betonboden war kalt und unbequem, wie der Fußboden des Zwingers, in dem ich eine Nacht verbracht hatte, bevor C.J. gekommen war, um mich zu holen.

Von der Straße aus konnte man uns nicht sehen, das Auto und die Kisten versteckten uns. Trotzdem erschien mir dieser Ort kalt und langweilig. Was machten wir hier bloß?

Auf der anderen Seite der Garage ging eine Tür auf.

C.J.s Muskeln verkrampften sich, mit dem Arm presste sie mich fest an ihre Seite. Ich spürte, dass sie Angst hatte. In höchster Alarmbereitschaft schaute ich mich um, bereit zu knurren und zu beißen, wenn ich mein Mädchen verteidigen musste.

Ganz vorsichtig legte C.J. mir eine Hand um die Schnauze, vier Finger obenauf, den Daumen unter das Kinn. Sie schüttelte den Kopf.

Schwere Schritte kamen ein paar Stufen herunter. Ich hörte, wie der Deckel einer Mülltonne angehoben wurde und eine Plastiktüte raschelte, als der Abfall hineinfiel. Aber sehen konnte ich nichts. Das Auto, ein großer Kombi, verdeckte mir die Sicht auf die Person, die da bei uns in der Garage war.

C.J. schloss die Augen.

Ich spürte, wie die Furcht sich in jede Zelle ihres Körpers schlich, und ich wollte sie verteidigen. Gleichzeitig wusste ich aber, dass ich ruhig sein musste, mich nicht bewegen durfte. Es war wie Leise-Sein, das wir früher in unserem alten Haus gespielt hatten. Ich sollte warten, bis C.J. sagte, dass es okay war, mich wieder zu rühren und Lärm zu machen.

Der Deckel der Mülltonne klappte wieder zu. Die Schritte marschierten wieder die Treppe hoch. Eine Hand schlug auf einen Knopf.

Das Garagentor summte, kreischte und ächzte, als es sich langsam senkte.

Ich bebte vor Schreck und schüttelte C.J.s Hand ab. Ich konnte nicht anders. Es war einfach zu laut! Aber ich bellte nicht.

Das Garagentor senkte sich bis zum Boden und schloss uns ein. Dunkelheit umfing uns.

Als Entschuldigung dafür, dass ich mich beim Leisesein-Spielen bewegt hatte, schleckte ich C.J.s Hand ab. Einige Minuten lang saßen wir noch regungslos da. Dann, ganz leise, atmete C.J. auf.

War das Spiel vorbei? Ich schleckte ihr die Wange ab. »Braves Mädchen, Molly«, flüsterte sie, und ihr Griff um mich lockerte sich. Da erst wusste ich, dass ich alles richtig gemacht hatte.

Oben am Garagentor waren ein paar kleine Fenster, außerdem gab es eine Tür nach draußen, in der ebenfalls ein Fenster eingelassen war. Dort hindurch fiel ein kleines bisschen Licht von einer Straßenlaterne, und langsam gewöhnten sich meine Augen an den Dämmerzustand. Viel sah ich nicht, aber ich erkannte die Schachteln und das Auto. Und auch C.J. neben mir konnte ich sehen.

Sie rieb sich die Augen.

Dann betastete sie die Kartons, bis sie einen leeren entdeckte. Ganz langsam und leise nahm sie ihn auseinander und drückte ihn platt. Sie breitete ihn auf dem Boden aus und rollte sich darauf zusammen. Mit einer Handbewegung bedeutete sie mir, mich neben sie zu legen.

C.J. zog Pullover und Jogginghosen aus dem Rucksack und deckte uns damit zu. Den Rucksack benutzte sie dann als Kissen. Ich kuschelte mich an ihren Bauch und versuchte, möglichst viel von meiner Wärme mit ihr zu teilen. Sie schmiegte sich an mich.

Eine Weile weinte sie leise in mein Fell. Dann schlief sie ein.

Ich blieb regungslos neben ihr liegen, um sie nicht wieder aufzuwecken. Aber was hier vor sich ging, verstand ich nicht. Warum schlief C.J. nicht in einem Bett, wie sonst immer? Und wenn sie lieber auf dem Boden liegen wollte, warum benutzte sie dann nicht diesen warmen, raschelnden Sack, in dem sie manchmal geschlafen hatte.

Die Nacht in dieser kalten Garage zu verbringen, wo es nach feuchtem Beton, Öl und Benzin stank, fühlte sich falsch an. Sogar der köstlich duftende Müll steckte in dieser Plastiktonne, so dass man nicht drankam.

Das war nicht der richtige Ort, um sein Nachtlager aufzuschlagen.

Wieder erinnerte mich das an die Zeit, als wir nächtelang Leise-Sein in der Nische unter der Treppe gespielt hatten. Schließlich hatte C.J. eingesehen, dass dieses Spiel überhaupt keinen Spaß machte. Sie hatte erkannt, dass es das Beste war, wenn ich bei ihr im Bett schlief. Warum hatte sie das vergessen?

Aber ich konnte sie nicht daran erinnern. Ich konnte mich nur an sie kuscheln und sie die Nacht über so warm wie möglich halten.

Schon früh am nächsten Morgen fielen die ersten Sonnenstrahlen durch die Fenster. Ich öffnete die Augen, bewegte mich aber nicht, bis C.J. neben mir seufzte und dann leise stöhnte.

Ich drehte mich um und schleckte ihr das Gesicht ab. »Oh, Molly«, sagte sie zärtlich. Sie streckte eine Hand nach mir aus, um mich zu streicheln, und setzte sich dann mit einem weiteren Stöhnen auf. »Oh, Molly, bin ich müde!«, ächzte sie. »Okay, leise jetzt. Leise sein. Wir müssen hier raus.«

Sie stopfte die Hosen und Pullis zurück in den Rucksack und kam ungelenk auf die Beine. Ich blieb dicht an ihrer Seite, als sie auf die kleine Tür mit dem Fenster darin zuging. Sie schob einen Metallriegel zurück, drehte den Knauf und drückte die Tür langsam und geräuschlos auf.

Zusammen schlüpften wir durch die Tür, hinaus in einen kühlen grauen Morgen.

Ich eilte zum Rasen und hockte mich hin, um eine Pfütze zu hinterlassen. C.J. behielt mich im Auge. »Ich wünschte, ich könnte das auch machen«, sagte sie.

Ich drehte den Kopf und schaute sie an. Gab es bald Frühstück?

C.J. seufzte. Sie schnallte sich den Rucksack um. Wir gingen den Gehweg entlang fort von dem Haus. Dann holte C.J. die Wasserflasche aus dem Rucksack. Die Hälfte trank sie, den Rest ließ sie mich aus ihrer Hand trinken. Aber auch als die Flasche leer war, hatte ich noch Durst.

Wir gingen weiter. Hin und wieder schleckte ich über

den Rasen, der über und über mit Tautropfen bedeckt war. So gut wie ein schöner Schluck aus meinem Napf war das nicht, aber immerhin etwas.

Es schien sehr früh zu sein. Nur wenige Autos fuhren auf den Straßen, und in den meisten Häusern war es dunkel und still. Auch die Sonne strahlte noch nicht mit voller Kraft. Aber es wurde heller, je länger wir liefen.

Schließlich erreichten wir ein buntes Gebäude, dessen Fenster hell erleuchtet waren. Auf dem Parkplatz stank es nach Benzin und Öl. C. J. band mich ein paar Minuten vor dem Gebäude an, und ich schnupperte an spannend riechenden Flecken auf dem Bürgersteig, während ein paar Autos auf dem Parkplatz hielten. Die Fahrer stiegen aus, steckten lange Schläuche an ihre Wagen, zogen die Schläuche wieder ab und fuhren davon.

Da eilte C. J. schon wieder heraus und löste den Knoten in meiner Leine. Sie kniete sich vor mir hin und kraulte mir die Ohren. »Am besten gehen wir zu Andi«, sagte sie. »Sonst fällt mir nichts mehr ein.«

Ich schleckte ihr die Nase ab und dachte schon wieder ans Frühstücken. Diesem Gedanken hing ich immer noch nach, als C. J. mich auf einen Spaziergang mitnahm, der fast ebenso lang wie der gestrige werden sollte.

Meine Pfoten wurden vom Laufen auf dem rauen

Pflaster ganz wund, und ich ließ den Kopf tiefer und tiefer hängen. Auch C.J. ging immer langsamer, und ihre Füße hoben sich kaum noch vom Boden. Mein Bauch fühlte sich hohl und leer an, und auch von C.J.s Magen hörte ich ein wütendes Grummeln. Als ich zu ihr aufblickte, sah ich, wie sie sich den Bauch hielt und eine Grimasse zog.

Wir liefen weiter.

Nach langer, langer Zeit erhaschte meine Nase einen vertrauten Geruch. Hunde. Viele Hunde. Ich hob den Kopf, und mein Schwanz wedelte sogar ein paarmal hin und her. Wenn wir vorhatten, mit Andi zu spielen, gab es vielleicht auch etwas zu essen. Ich brauchte eine richtige Mahlzeit, nicht nur ein Leckerli. Aber ein Leckerli wäre besser als nichts.

Endlich erkannte ich den Parkplatz vor Andis Haus. Vor dem Eingang zögerte C.J. ängstlich. Aber sie atmete einmal tief ein und schob die Tür auf. Wir traten ein.

Es roch phantastisch. Natürlich waren Luke und all die anderen Hunde da. Aber, was noch besser war, ich roch ihr Futter. Und noch mehr Essen. Auf einem Tisch an der Wand standen Teller voller runder Brötchen. Manche rochen nur nach Teig, andere aber waren fettig und süß. Außerdem gab es große Metallkannen mit Kaffee.

Ich erkannte den Geruch. Gloria trank so etwas jeden Morgen.

Ich sabberte und zog an der Leine, aber C. J. hielt mich zurück.

Wie immer saßen Leute auf Stühlen, und Andi und Luke spielten. Sie hatte ihn an der Leine und führte ihn gerade zu einer Dame mit kurzen weißen Haaren. »C. J.?«, rief sie mit einem verdutzten Gesichtsausdruck. »Einen Augenblick, bitte«, sagte sie zu den Menschen auf den Stühlen, dann kamen sie und Luke zu uns herüber.

»Ich habe dich so früh am Morgen gar nicht erwartet«, sagte Andi, während Luke mich flüchtig beschnupperte. Ich hatte kaum die Kraft, meine Nase zu heben.

»Manche Freiwillige können nur vor der Arbeit kommen«, fuhr Andi fort. Sie machte eine Handbewegung in Richtung der Leute auf den Stühlen. »Was gibt's?«

C. J. verlagerte ihr Gewicht auf die Fersen und schaukelte dann vor und zurück. »Ich hab nur gedacht, vielleicht kann ich dir ein bisschen aushelfen«, murmelte sie.

Andi runzelte die Stirn. »Ist heute keine Schule?«

»Doch, ich gehe auch. Bald«, sagte C. J. »Ich dachte nur …« Sie verstummte allmählich. Eine Weile sagte niemand etwas. Gelangweilt setzte Luke sich hin und wartete darauf, dass Andi wieder mit ihm spielte.

Als Andi schließlich das Wort ergriff, war ihre Stimme ganz freundlich.

»Also, ich freue mich immer, wenn du und Molly hier seid, C.J. Das weißt du doch?« C.J. nickte. »Warum schaust du nicht, ob alle Hunde Futter und Wasser haben, solange du da bist? Und stell ein paar Bagels und Donuts für die Freiwilligen raus. Du kannst dich auch bedienen.«

Danach lief es wie am Schnürchen. C.J. brachte mich in ein Gehege und stellte mir dann einen übervollen Futternapf und dazu eine Wasserschüssel hin. Ihre Hände zitterten ein wenig, als sie die Schüsseln abstellte.

Ich vergrub die Schnauze im Futter und mampfte, was das Zeug hielt. Als ich aufblickte, sah ich, wie C.J. zu dem Tisch mit dem Essen eilte und sich zwei dieser runden Brötchen nahm. Das erste war nach drei oder vier Bissen verschwunden, während Andi und Luke noch mit den Leuten spielten. Auf das zweite sprühte sie eine weiße Creme und ließ sich dann mehr Zeit beim Essen. Durch den ganzen Raum hindurch konnte ich spüren, wie sie sich entspannte.

Anschließend ließ C.J. mich eine Weile allein. Ich legte mich für ein Nickerchen auf den Boden des Geheges. Als C.J. zurückkam, hatte sie wieder den Rucksack geschultert, und sie roch nach Futter und anderen Hunden. Fröhlich schleckte ich ihr die Hände ab und ließ mich an die Leine nehmen.

Da kam Andi zu uns und führte Luke in das Gehege. Jetzt, da ich mich besser fühlte, beschnupperte ich ihn ordentlich. Er ignorierte mich. Typisch Luke.

»Alles in Ordnung bei dir, C.J.?«, fragte Andi leise.

C.J. nickte.

»Schön, aber lass es mich wissen, wenn du etwas brauchst«, sagte Andi. »Und vergiss eines nicht, C.J. Du kannst vor deinen Problemen nicht davonlaufen. Sie holen dich immer wieder ein.«

16

Als wir Andis Haus wieder verließen, machten wir noch einen Spaziergang. Zwar hatte ich jetzt mit vollem Magen deutlich mehr Energie, trotzdem konnte ich es kaum glauben. Gassigehen war klasse, aber konnten wir nicht mal was anderes machen? Ein Nickerchen zum Beispiel?

Mir fiel auf, dass C.J. sich jetzt aufrechter hielt. Und sie ging schneller. Auch ich sputete mich, damit ich direkt neben ihr laufen konnte. Diesmal schien sie zu wissen, wo es hinging.

Nach einer Weile wusste ich es auch.

Immer öfter stiegen mir vertraute Gerüche in die Nase. Grasbüschel, Häuserecken und Telefonmasten waren von Hunden markiert worden, die ich kannte. Ich reckte die Schnauze, nahm einen tiefen Atemzug, lief voraus und zog an der Leine.

Wir machten keine Besuche mehr! Es ging nach Hause!

Bis wir endlich unseren Block erreicht hatten, zerrte

ich C. J. buchstäblich den Gehweg entlang. Ich freute mich einfach so sehr darauf, wieder aus meinem eigenen Napf zu fressen, an all meinen Lieblingsplätzen zu schlummern und die Nacht in C. J.s Bett zu verbringen.

C. J. ließ zu, dass ich sie über den Rasen und die Verandatreppe hinaufzog.

Aber vor der Tür blieb sie stehen. Ich sprang hoch und legte die Pfoten ans Schloss, damit sie wusste, was zu tun war, aber C. J. setzte sich auf die oberste Stufe und gab mir einen Wink, mich zu ihr zu setzen.

Etwas enttäuscht, ließ ich mich auf C. J.s Schoß plumpsen. Warum hingen wir auf der Veranda rum? War es nicht besser, wenn wir reingingen?

C. J. nahm mich in die Arme und rieb mit der Wange über meinen Kopf.

»Ich liebe dich, Molly«, sagte sie mir mit entschlossener Stimme ins Ohr. »Und ich verspreche dir, dass ich dich nie verlasse. Ich kümmere mich um dich.«

Sie drückte mich eine Spur zu fest, aber mir machte das nichts. Das war mein Job. Für mein Mädchen da zu sein, wenn sie mich brauchte.

»Na schön«, seufzte C. J. »Okay.«

Sie stand auf und schloss die Tür auf, dann gingen wir hinein.

Vor Freude darüber, endlich wieder daheim zu sein, nahm ich noch mal alle Kraft zusammen und flitzte durchs Haus, um all die Dinge, die ich vermisst hatte, abzuklappern – den Wohnzimmerteppich und den sonnigen Fleck darauf, wo ich am liebsten lag, die Ecken in der Küche, wo sich vielleicht ein paar Brotkrumen gesammelt hatten, die Stelle, an der mein Futternapf und meine Wasserschüssel standen (beide waren leer, darauf musste ich C.J. noch hinweisen), und, das Beste von allem: C.J.s Bett. Ich hüpfte hinein. Die Decke und das Laken waren glattgezogen, aber durch Scharren und Ziehen schaffte ich es, ein gemütliches Durcheinander zu fabrizieren, wie es sich gehörte.

Dann hüpfte ich wieder runter und lief zurück zu C.J.

Sie stand im Wohnzimmer, nicht weit von der Haustür und starrte die Wand über dem Kamin an. »Schau dir das an, Molly«, sagte sie langsam. Hechelnd setzte ich mich neben sie, und sie strich mir über den Kopf.

»Das ist mein Gemälde von dir«, erklärte sie. »Das von der Kunstausstellung. Gloria hat es rahmen lassen? Und aufgehängt? Ich kann es nicht fassen.«

Ich wedelte, und mein Schwanz klopfte gegen C.J.s Bein. Ich stupste ihre Hand an. Gab es jetzt Fressen?

Da hörten C.J. und ich ein Knarren, als die Haustür aufschwang.

C.J. zuckte zusammen und wandte sich zum Flur um. Ich war überrascht, weil niemand angeklopft oder geklingelt hatte. Es war meine Aufgabe, die Menschen vor der Tür anzubellen, und sie, sobald sie drinnen waren, freudig zu begrüßen. Aber was sollte ich jetzt machen?

»Gloria?«, rief C.J. nervös.

Die Person, die die Tür aufgemacht hatte, trat vom Flur ins Wohnzimmer. Es war Shane.

»Du hast die Tür offen gelassen«, sagte er und schaute C.J. an.

C.J., plötzlich von Angst ergriffen, machte ein paar Schritte rückwärts. Ich wich ihr nicht von der Seite. Wovor fürchtete sie sich? Wir waren doch endlich zu Hause. Also war eigentlich alles in Ordnung.

Vielleicht gefiel ihr, so wie mir, Shanes Geruch nicht. Er roch meistens nach Wut. Heute aber roch er noch schlimmer als das.

»Was machst du hier?«, fragte C.J. Ihre Stimme war eine Oktave höher als sonst.

»Ich hab dich mit dem Hund gesehen«, sagte Shane. »Ich bin dir gefolgt. Müsstest du nicht in der Schule sein? Im Gegensatz zu mir. Ich bin ja *geflogen*.«

C. J. zitterte inzwischen. »Hör mal. Du musst gehen. Meine Mom kommt jeden Moment nach Hause.«

Shane lehnte sich gegen den Türrahmen. »Klar. Ich gehe. Nachdem wir geredet haben.«

»Es gibt nichts zu reden«, sagte C. J.

»Doch. Über die Schule. Über diesen bescheuerten Malkurs. Was hast du der Lehrerin erzählt?«

»Nichts«, sagte C. J.

Ich schaute erst Shane an, dann mein Mädchen, dann wieder ihn. Wären beide Hunde gewesen, hätten sie sich wohl angeknurrt. Aber sie waren Menschen, und Menschen reden nur.

»Logisch. *Nichts*. Du hast ihr gesagt, dass ich Zeug aus ihrem Pult genommen habe, oder nicht? Sonst wärst du nicht so glimpflich davongekommen. Wie kommt es, dass ich von der Schule verwiesen wurde und du nicht, C. J.? Wenn du nicht gepetzt hast?«

Shane machte einen Schritt in den Raum hinein.

C. J. machte einen Schritt zurück, aber dann ballten sich ihre Hände zu Fäusten, und sie trat wieder vor.

»Ich muss dir *überhaupt* nichts erzählen«, blaffte sie. »Du hast ein Handy und Geld gestohlen! Und jetzt ärgerst du dich, weil du Probleme hast? Als hätte ich dir etwas getan? Wach auf, Shane. Und raus hier!«

Die letzten Worte schrie sie.

Die Wut in Shanes Innerem loderte auf, und ich wusste, was zu tun war. Ich knurrte ihn an, so wie ich Gus vor dem Museum angeknurrt hatte. Meine Lippen schoben sich zurück und entblößten meine Zähne, mein Nackenfell sträubte sich.

Ich duckte mich, damit Shane wusste, wie ernst es mir war. Und ich lief auf ihn zu.

Shane wich in den Flur zurück, und ich konnte riechen, wie Wut und Angst in ihm kämpften. »Nimm den Hund da weg. Wir sind noch nicht fertig.«

»Ich sagte, raus hier!«, schrie C.J. wieder.

»Ich trete deinen Hund!«, drohte Shane.

»Und ich rufe jetzt die Polizei!« C.J.s Stimme war vor Angst ganz schrill. »Molly, komm. Komm her!«

Ich blieb stehen, wo ich war. Eigentlich sollte ich meinem Mädchen gehorchen, aber Shane durfte nicht glauben, dass ich klein beigab. Ich würde mein Mädchen beschützen, und das sollte er wissen.

»Dummer kleiner Hund«, rief Shane vom Flur aus. Die Wut hatte die Oberhand gewonnen. »Ich zeig dir schon noch …«

Es klopfte, und die Haustür ging auf. Sheryl stand auf der Veranda. Ich wedelte kurz mit dem Schwanz, um

Sheryl zu versichern, dass wir noch Freunde waren, dann nahm ich Shane wieder ins Visier und ging in Angriffsposition.

»Was ist hier los?«, fragte Sheryl und schaute zwischen C.J. und Shane hin und her.

C.J. blickte auf.

»Nichts. Shane wollte gerade gehen«, sagte sie.

Shane funkelte C.J. an. Und Sheryl. Und mich.

»Gut«, murmelte er, wandte sich um und schob sich an Sheryl vorbei durch die Tür.

»Und tauch hier bloß nicht mehr auf«, rief C.J. ihm hinterher.

»Darauf kannst du dich verlassen«, brüllte Shane. Dann lief er mit gesenktem Kopf und die Hände in den Hosentaschen vergraben die Straße hinunter.

Schwanzwedelnd lief ich an C.J.s Seite. Wir hatten es geschafft! Shane war fort!

17

Sheryl sah Shane nach, der die Straße hinunterlief. »Ist alles in Ordnung, C. J.?«, fragte sie.

»Ist schon gut«, sagte mein Mädchen. »Er kommt nicht zurück. Molly hat's ihm gezeigt.«

Sheryl nickte. Erst jetzt fiel mir auf, dass sie anders aussah. Ihr Gesicht war schmaler geworden, und sie wirkte müde. Außerdem trug sie einen weichen, flauschigen roten Hut, der ihren Kopf eng umschloss.

»Ist bei Ihnen alles okay?«, fragte C. J. sie verlegen. »Ich meine …«

Sheryl lächelte. »Ja. Es geht mir gut, C. J. Deswegen bin ich hier. Können wir uns setzen?«

C. J. nickte, und die beiden nahmen auf der Couch Platz. Weil Gloria nicht da war, hüpfte auch ich aufs Sofa und legte den Kopf auf C. J.s Beine. Ich kannte die Regeln – wenn Gloria zu Hause war und ich auf die Couch sprang, war ich ein böser Hund, wenn aber nur C. J. und ich da waren, ging das in Ordnung.

Sheryl betrachtete die Wand über dem Kamin. »Dein Bild macht sich gut hier«, sagte sie.

C.J. zog den Kopf ein. »Meine Mom hat es rahmen lassen«, erklärte sie leise.

Und die beiden setzten ihr Gespräch fort.

Ich kapierte einfach nicht, warum das andauernde Plappern den Menschen so wichtig war. Sogar Hunde bellen (meistens) nur dann, wenn sie einen guten Grund haben. Vielleicht müssen Menschen reden, weil sie nicht so gut spielen können. Nicht einmal C.J. wollte so mit mir herumtoben und balgen, wie Rocky und ich es taten.

Ich schloss die Augen und döste vor mich hin. Die langen Spaziergänge mit C.J. hatten mich wirklich geschafft. Hin und wieder zuckten mir die Ohren, und ich bekam Schnipsel der Unterhaltung mit, die über meinen Kopf hinweg geführt wurde. »Es ist kein Krebs mehr da«, sagte Shery. Und: »Die Ärzte meinen, dass es sehr gut aussieht.« Und: »Hätte man ihn nicht so früh entdeckt, sähe es viel schlimmer aus.«

»Dafür will ich dir danken«, sagte Sheryl, und ich hörte ein Lächeln in ihrer Stimme. »Dir und Molly.«

Sie streckte die Hand aus, um mir die Ohren zu kraulen. Gleichzeitig tätschelte C.J. mir den Rücken. Ohne die Augen zu öffnen, seufzte ich zufrieden und ausgiebig. Irgendwie fühlte ich mich wie ein besonders guter Hund.

Ich fühlte mich so wohl, dass ich mich nicht einmal rührte, als die Haustür aufging. Ein vertrauter Geruch, blumig und süß, wehte herein. Ich wusste, wer das war. Kein Grund zu bellen.

Aber als C.J. der Schreck in die Glieder fuhr, öffnete ich die Augen und hob den Kopf. Dann erinnerte ich mich, wie sich ein braver Hund benahm, wenn Gloria im Haus war, und hüpfte von der Couch.

Gloria blieb in der Tür stehen, in den Händen hielt sie jede Menge Einkaufstaschen. Sie starrte uns an. Sie blinzelte.

»Du bist da?«, fragte sie.

»Ja.« C.J. nickte. »Ich bin da.«

»Ich habe nicht mit dir gerechnet.« Gloria ließ die Taschen auf den Boden sinken.

»Ich schätze, vor meinen Problemen davonzulaufen hat nicht ganz geklappt«, sagte C.J.

Sheryl runzelte die Stirn. »Davonlaufen?«

»C.J. hat die letzten Wochen bei Freunden verbracht«, erklärte Gloria mit kühler Stimme.

Sheryl wurde sogar noch blasser, und ihre Augen weiteten sich.

»Sie meinen, C.J. ist ausgerissen?« Sie blickte mein Mädchen an. C.J. wickelte sich den Saum ihres T-Shirts um die Finger.

»Irgendwie schon. Schätze ich«, sagte sie. »Ich und Molly.«

Sheryl wirkte geschockt.

»Aber … Aber Miss Mahoney, warum haben Sie die Schule nicht informiert? Haben Sie die Polizei gerufen? C.J., geht es dir gut?«

C.J. nickte. Gloria bückte sich und hob die Taschen wieder auf. Ihr Gesicht wurde rot und heiß. »Na, es gab ja keinen Grund zur Panik«, sagte sie ungeduldig. »Natürlich geht es C.J. gut. Natürlich. Und jetzt ist sie wieder da.«

C.J. straffte die Schultern und setzte sich aufrecht hin. »Stimmt, ich bin wieder da«, erwiderte sie. »Mit Molly.«

»Clarity June!« Gloria ließ ihre Taschen in einen Sessel plumpsen und drehte sich zu C.J. um. »Fang nicht schon wieder damit an. Dieser Hund ist gefährlich.«

Seufzend legte ich mich auf den Teppich. Hatte C.J. immer noch nicht mitbekommen, dass mein Futternapf und meine Wasserschüssel leer waren? Wie lange würde es noch dauern, bis es ihr auffiel und sie etwas dagegen unternahm?

»Molly ist *nicht* gefährlich«, erklärte C. J. mit Nachdruck. »Sie hat mich nur beschützt.« Ihre Stimme wurde so leise, dass ich nicht sicher war, ob Gloria oder Sheryl ihr Murmeln hören konnten. »Irgendwer muss das ja tun.«

Sheryl schaute zwischen C. J. und Gloria hin und her.

»Molly gefährlich? Ich hatte Molly wochenlang in meinem Malkurs, und sie war kein bisschen aggressiv«, erklärte sie. »Wenn C. J. sagt, Molly hätte sie beschützt, dann bin ich sicher, dass das der Wahrheit entspricht. Molly ist für C. J. wichtiger als alles andere auf der Welt.« Ihr Blick wanderte zur Wand über dem Kamin. »Allein schon an ihrem Kunstwerk erkennt man, wie sehr C. J. sie liebt. C. J. braucht Molly. Wünschen Sie sich denn nicht, dass Ihre Tochter glücklich ist?«

Auch Gloria wandte sich dem Bild an der Wand zu. »Na sicher. Sicher will ich das«, erwiderte sie. Ihr Gesicht war mittlerweile rot wie eine Tomate. »Jede Mutter wünscht sich doch das Allerbeste für ihr Kind.«

»Diesmal bleibe ich zu Hause«, sagte C. J. in die Stille hinein, die darauf folgte. »Ich bleibe, wenn Molly auch bleiben darf.«

Als ich meinen Namen hörte, klopfte ich ein paarmal mit dem Schwanz auf den Boden, damit C. J. bemerkte, dass es da einen hungrigen Hund gab, um den sie sich kümmern musste.

Verdrossen schnaubte Gloria durch die Nase. »Also gut«, sagte sie. »Gut, wie du meinst. Wenn der Hund bleiben muss, dann ist es eben so.«

C.J. rutschte von der Couch auf den Boden, um mich in die Arme zu schließen. Ich hechelte und leckte ihr die Wangen ab, während ich geduldig darauf wartete, dass es ihr besserging und sie mich loslassen konnte.

Nachdem alle noch ein bisschen geredet hatten, stand Sheryl auf, um zu gehen. C.J. begleitete sie zur Tür, und ich kam natürlich auch mit. Das war schließlich mein Job.

»Du kannst immer zu mir kommen, wenn du reden willst«, sagte Sheryl. »Und du kommst doch wieder zum Malkurs, oder? Mit Molly?«

C.J. nickte.

»Gut. Und, C.J.? Hättest du vielleicht Lust auf Einzelunterricht?«

C.J. stand zwar der Mund offen, aber sie sagte nichts.

»Samstagvormittag vielleicht? Bei mir zu Hause. Und natürlich kannst du Molly mitbringen. So will ich mich bei euch beiden bedanken.«

Nach und nach breitete sich ein Lächeln auf C.J.s Gesicht aus. »Das wäre … Das wäre großartig. Wow.«

»Also, abgemacht.« Sheryl umarmte C. J. kurz, dann ging sie.

Ich schaute zu C. J. hoch und winselte. Wie sah es jetzt mit Futter aus?

Gott sei Dank erkannte C. J. endlich mein Problem. »Ach, Molly, du armes Ding, du hast bestimmt Hunger«, rief sie. Dann eilte sie in die Küche und füllte meine Näpfe mit Futter und Wasser.

Endlich!

Heute ging C. J. nicht mehr zur Schule. Zuerst setzte sie sich in die Küche und schlug sich den Bauch voll, vergaß aber nicht, auch mir etwas abzugeben, dann ging sie duschen. Ich legte mich währenddessen auf ein Handtuch, das sie mir auf dem kalten Fliesenboden ausgebreitet hatte. Hin und wieder schob ich die Nase zwischen die Duschvorhänge, um nachzusehen, was sie so lange trieb.

Schließlich machten wir ein ausgiebiges herrliches Nickerchen in unserem eigenen Bett. Ich war so froh, dass ich mich unter C. J.s Arm schieben musste, um ihr Gesicht abzuschlecken. Sie stöhnte und schob mich weg, aber ich wusste, dass mein Mädchen sich trotzdem freute.

Wir dösten noch eine Weile. Als wir dann aufstanden, fingen Gloria und C. J. ein Gespräch an. Aber mein

Mädchen wirkte entspannt und schien keine Hilfe zu brauchen, also konnte ich mich damit beschäftigen, nach einem alten Ball unter der Couch zu stochern.

Endlich erwischte ich ihn und zog meinen Kopf, fröhlich hechelnd, unter der Couch hervor, um C.J. meine Beute zu präsentieren.

»Igitt«, meinte Gloria.

C.J. schüttelte den Kopf. In dem Augenblick klingelte es an der Tür. Pflichtbewusst bellend rannte ich los, obwohl ich viel lieber mit C.J. Ball gespielt hätte. Da erschnupperte ich durch den Spalt unter der Tür einen vertrauten Geruch. Ich bellte noch lauter. Von der anderen Seite der Tür kam die Antwort.

C.J. machte auf. Trent und Rocky waren da!

Ich rannte nach draußen, um mich auf meinen Bruder zu stürzen, und wir flitzten in engen Kreisen durch den Vorgarten. Wir freuten uns so darüber, dass wir nicht einmal eine ordentliche Verbeugung hinbekamen. Trent und C.J. lachten und jagten uns hinterher. Wie toll, dass ich mit meinem Bruder und meinen zwei Lieblingsmenschen spielen konnte!

Schließlich gewannen Trent und C.J. das Spiel, indem C.J. mich am Halsband erwischte und Trent Rockys Leine in die Finger bekam. Sie führten uns in den Garten

hinter dem Haus, wo Rocky und ich wieder loslegten. Wir fetzten durch die Wiese, dass die Grasbüschel flogen, machten kehrt und stürzten uns wieder aufeinander, rappelten uns auf und rannten weiter.

Diesmal spielten Trent und C.J. nicht mit. Sie saßen auf den Stufen zur Terrassentür, redeten und hielten Händchen. Immer dieses Reden!

Nachdem ich Rocky ein paarmal umgeworfen hatte, machten wir eine Pause und liefen zu seinem Jungen und meinem Mädchen. Rocky steckte die Nase in Trents Ohr, und ich schleckte C.J. das Gesicht ab.

Das lenkte ihre Aufmerksamkeit wieder auf uns. C.J. strich mir die Ohren zurück und küsste mich auf den Kopf. Trent streichelte Rockys Bauch, obwohl er dafür C.J.s Hand loslassen musste. Dann setzten mein Bruder und ich unser Spiel fort, während unsere Menschen weiterredeten.

Als ich Rocky auf den Kopf hüpfte, warf ich einen Blick auf die beiden und sah, wie Trent noch einmal nach C.J.s Hand griff.

Anmerkung des Autors

Mehr zum Thema Krebsspürhunde

Mollys Geschichte spielt in der erstaunlichen Welt der Krebsspürhunde. Um mehr über dieses Thema zu erfahren, wandte ich mich an meine gute Freundin Dina Zaphiris, die selbst Krebsspürhunde ausbildet. In vielerlei Hinsicht hat mich ihr Hund Stewie zu diesem Buch inspiriert!

Als Dina noch ein kleines Mädchen war, wünschte sie sich nichts sehnlicher als einen Hund. Sie träumte davon, mit ihrem Hund zu spielen, ihn zu versorgen und ihm Tricks beizubringen. Aber Dinas Eltern wollten ihr keinen Hund erlauben. Sie fürchteten um ihre Hühner. Darum trainierte Dina einfach die Hühner. Sie brachte ihnen bei, auf ihre Namen zu hören, und ließ sie Kunststücke machen.

Heute ist Dina erwachsen und hat ihre eigenen Hunde. Sie ist eine ausgebildete Tiertrainerin und war weltweit einer der ersten Menschen, deren Hunde nach Krebs schnüffelten. Dinas Hunde riechen nicht direkt an Menschen, wie Molly es im Buch tut. Stattdessen schnuppern sie an flüssigen Proben in Reagenzgläsern, die meist aus der Feuchtigkeit im Atem gewonnen werden. Dina trainiert die Hunde, damit sie ein Signal geben, wenn sie Krebszellen darin entdecken. Dann bleiben sie vor dem Reagenzglas stehen und stoßen es mit der Pfote an, als würden sie es hauen, weil es böse ist!

Krebsspürhunde lieben ihre Arbeit und haben das Gefühl, etwas Wichtiges zu tun. Immerhin gibt es für Hunde kaum etwas Wichtigeres, als Menschen zu helfen!

W. Bruce Cameron

Bevor ihr einen Hund zu euch holt

Einen Hund, genau wie jedes andere Haustier, darf man nie ohne Erlaubnis der Eltern kaufen oder aus dem Tierheim holen. Am besten, die ganze Familie trifft die Entscheidung gemeinsam! Doch ihr solltet euch darüber im Klaren sein: Ein Hund bedeutet nicht nur Spiel und Spaß, sondern auch viel Arbeit und Verantwortung!

Wenn ihr euch entschieden habt, einem Hund ein neues Zuhause zu geben, dann bleiben noch viele Fragen: Möchtet ihr einen Welpen oder einen erwachsenen Hund? Möchtet ihr direkt vom Züchter kaufen oder holt ihr einen verwaisten Hund aus dem Tierheim? Welche Rasse möchtet ihr haben – viele Rassen haben bestimmte Eigenschaften, manche brauchen mehr Bewegung, andere ganz viel Beschäftigung und Spiele –, welche Rasse passt zu dir und deiner Familie? Oder soll es ein Mischling sein wie Molly?

Bevor der kleine Welpe bei euch einzieht, solltet ihr alles in Ruhe vorbereiten. Checklisten, was man anschaffen soll und kann, findet ihr im Internet oder in Sachbüchern. Vor allem ein Schlafplatz zum Ausruhen ist wichtig und das richtige Futter: Hundewelpen brauchen besonderes Futter! Achtet beim Kauf darauf, sonst kann der Kleine ganz schön Bauchschmerzen und Durchfall bekommen. Auf keinen Fall solltet ihr dem Hund von eurem Essen geben, das kann sogar giftig für ihn sein!

Wenn der kleine Welpe dann endlich bei euch ist und nicht das Tierheim oder der Züchter schon dafür gesorgt haben, dann solltet ihr mit ihm zum Tierarzt gehen und ihn impfen, entwurmen und chippen lassen. Mit dem Chip könnt ihr den Kleinen registrieren lassen, für den Fall, dass er euch mal wegläuft. Außerdem ist ein Hundehalsband wichtig, am besten mit eurem Namen und einer Telefonnummer darauf.

Gerade die erste Zeit mit einem kleinen Hund ist sehr spannend! Ihr wollt ganz viel mit ihm spielen, und der Kleine muss ganz viel auf einmal lernen – alles ist jetzt neu für ihn. Es ist wichtig, dass der Welpe sich bei euch in der Familie wohlfühlt. Habt ganz viel Geduld mit ihm, gerade die ersten Trainingseinheiten wie Stubenrein-Werden oder An-der-Leine-Gehen werden einiges an Übung und Fingerspitzengefühl erfordern. Aber wenn ihr es dann gemeinsam gelernt habt, werdet ihr von Tag zu Tag ein besseres Team und Freude aneinander haben: So entsteht eine Freundschaft fürs ganze Leben!

Weitere Bücher von W. Bruce Cameron

W. BRUCE CAMERON
Ellie findet das Glück
KJB